L'OFFICE DES VIVANTS

DU MÊME AUTEUR

L'Office des vivants, Rouergue, 2001.
Mon amour ma vie, Rouergue, 2002 ; "Babel J", 2008.
Seule Venise, Rouergue, 2004 ; Babel, 2006.
Les Années cerises, Rouergue, 2004.
Dans l'or du temps, Rouergue, 2006 ; Babel, 2008.
Les Déferlantes, Rouergue, 2008.

ISBN 978-2-7427-8212-3

CLAUDIE GALLAY

L'OFFICE DES VIVANTS

roman

BABEL

Le Père aurait mieux fait d'aller travailler comme il le faisait les autres étés, partir le matin bien avant le jour, suer sang et eau sur les foins, sur les bêtes, et rentrer à la nuit.

Au lieu de cela c'est sur la Mère qu'il est allé suer.

La chaleur sans doute, tout ce soleil sur la montagne.

Non ! qu'elle lui a dit, parce qu'elle savait bien que ce n'était pas la bonne lune, mais il l'a coincée quand même et il y est allé sans retenue.

Après, la Mère a sorti la bassine, elle s'est lavée à grande eau dans la cuisine, elle s'est noyé tout son dedans de femme en mettant la poire et puis en la poussant un peu, jambes écartées.

Ça n'a pas empêché la volonté de Dieu de se faire. C'est M'mé Coche qui dit ça, la volonté de Dieu pour tout, pour quand les salades ne poussent pas, quand les veaux crèvent ou quand la Mère devient grosse.

Bientôt, la Mère devient tellement grosse qu'elle ne peut plus se baisser sous les vaches alors le Père fait venir une fille du village du Bas, Madeleine qu'elle s'appelle, mais au village on l'appelle tous Mado.

Au début, Mado ne sait pas attraper les mamelles. Le Père est grand, il se met derrière elle, sous la vache, avec ses mains il lui montre. A force le lait finit par sortir.

A force aussi, elle comprend mais il continue à venir et à vouloir lui montrer. A venir bien derrière elle et à lui attraper les mains de chaque côté. Il en profite pour lui sentir le cou, la sueur. Il se met à la serrer. Un jour, ça ne suffit plus, il lui attrape le ventre.

Maintenant qu'il a goûté à ça, il est envahi.

Il lui donne de l'argent pour qu'elle s'achète des foulards et puis un peu plus encore pour qu'elle ne dise rien. Les foulards sont en mauvais tissu, les robes aussi, pas de quoi sortir dans le froid d'hiver ni absorber l'essence sous le moteur de l'estafette.

Une nuit, il va la rejoindre dans son lit et il s'enfonce en elle comme un chien.

Pendant ce temps, la Mère grossit toujours. Elle découpe des morceaux de drap qu'elle s'enroule autour du ventre pour le faire tenir.

A midi, le Père mange. Marc et Simone sortent dans la cour. M'mé Coche leur donne des sandwichs à la moutarde parce qu'ils sont là, à attendre sous la fenêtre. Ils vont les manger dans la paille ou au bord de la rivière.

Un jour, Simone trouve la Mère allongée dans la cuisine, avec son gros ventre sur le côté.

Le docteur n'aime pas venir ici mais il est bien obligé.

Il s'enferme dans la chambre avec la Mère. Quand il ressort, il a les sourcils froncés.

— Il faut qu'elle reste au lit, qu'il dit. Et puis qu'elle mange rouge. C'est pas parce qu'elle ne travaille plus qu'elle n'a pas droit à sa viande comme tout le monde.

Il regarde le Père.

— Continuez comme ça et elle n'aura même pas la force de se faire sortir ce que vous lui avez mis dans le ventre !

Le docteur, ça lui fait transpirer les lunettes de devoir toucher la table pour remplir les papiers.

Le Père apporte un lapin. Mort, vidé, sans la peau.

— Pour payer, j'ai pas de quoi, qu'il dit, et le docteur hausse les épaules.

Il a l'habitude, ça se passe toujours comme ça.

Avant de sortir, il se retourne, il fixe Marc et Simone. Eux, ça les met le dos au mur d'être regardés comme ça. Ils sont sales, pouilleux, ils sentent la honte.

— Élevez un veau en plus, qu'il dit au Père, mais mangez à votre faim ! Et puis les gosses, il faut les laver !

Le Père lui met le lapin dans les bras mais l'autre insiste.

— Deux enfants, c'était pas suffisant ? Vous aviez besoin de celui-là en plus ?

Quand elle voit que le docteur la regarde, Simone commence à pleurer et à se pisser doucement dans les bottes.

Le docteur hausse les épaules.

— Vous faites comme vous voulez.

C'est pour sa conscience qu'il dit ça.

Dans le jardin, le grand-père fait semblant de travailler mais il regarde tout par en dessous. C'est son habitude.

Avec les années, il devient comme un lézard, il se met au soleil et il dort. Quand il ne dort pas, il est au portail, à regarder dans la cour des autres maisons. Il passe de moins en moins de monde, le village est trop haut dans la montagne.

Quand il fait froid, il reste dans son fauteuil, près de la fenêtre. Son fauteuil, c'est sa place, personne n'a le droit d'y toucher à part son chien.

Le grand-père sent des dents. Quand il dort, il garde la bouche ouverte et on entend racler l'air au fond de sa gorge. Les lézards ne raclent pas mais ils se mettent au soleil. Le grand-père, c'est pareil sauf qu'ici, il n'y a pas beaucoup de soleil.

De tout l'hiver, il ne bouge pas. Au printemps, il monte du côté des Berlan, c'est un endroit de talus, de morilles. Les salamandres, il les prend entre ses gros doigts carrés, un doigt de chaque côté, le ventre est mou, froid, il les soulève de terre pour montrer le dessous.

M'mé Coche raconte que ceux qui tuent les salamandres perdent la grâce du ciel, que leur peau devient jaune et qu'elle finit par tomber en lambeaux. Après, la maladie attaque le cerveau et on devient fou.

Un jour, Marc a tué une salamandre mais c'était un accident. Il était en vélo. Quand il a vu, c'était trop tard, il avait la roue dessus. La salamandre était écrasée par le milieu. Il l'a mise dans une boîte et il l'a enterrée.

Quand on écrase une salamandre, on est damné, mais on ne peut rien contre une pression de vélo.

Le Fada du Moulin a dû en tuer beaucoup. Toute sa peau tombe en morceaux. Elle sèche, se décolle, si on tire dessus, ça saigne. Marc l'a vu un jour qu'il était à la rivière en train de braconner les truites. Il n'avait pas de chemise. Depuis, il l'évite. M'mé Coche dit que ce n'est pas très charitable.

M'mé Coche, côté charité, elle s'y connaît, elle donne de l'argent pour l'église et elle achète des timbres aux enfants des écoles. M'mé Coche, ce n'est pas la vraie grand-mère. C'est la deuxième femme du pépé.

La vraie grand-mère est morte, elle est au cimetière sous un gros tas de graviers, même que de temps en temps la Mère prend la petite pelle et elle va refaire le tas.

Il y a toujours à manger chez M'mé Coche mais elle ne donne pas facilement. Il faut lui rendre un service ou alors tomber au bon moment.

Le beurre, c'est elle qui le fait. Le pain aussi. Elle écrase le beurre sur le pain et ça fait des tartines. Les jours de grâce, elle met du sucre dessus.

Le W.-C. est tout au fond du jardin, à côté du lilas. Le grand-père reste très longtemps dedans, il salit partout et ça fait des histoires avec la Mère. Marc préfère aller derrière, mais la Mère ne veut pas. Elle dit qu'il fait crever ses fleurs.

Dans le pré il y a un arbre qui pousse les autres arbres, il est tellement fort qu'il tue la broussaille tout autour.

Mado, elle a poussé la Mère, la Mère avec le bébé dedans.

De sa fenêtre, le grand-père voit tout, il voit quand Marc va faire derrière, dans les fleurs, il voit dans la cour du voisin et puis il voit quand le Père rejoint Mado dans l'écurie.

— Cette fille-là, c'est du poison, qu'il dit, et ça le fait cracher dans la neige.

La Mère, on voit bien qu'elle perd ses couleurs à force de rester couchée dans le noir. La cuisine, elle peut encore, mais pour la lessive, c'est fini. Ça la casse de se plier sur la pierre et de frotter avec le cube de savon.

Des jours, Marc et Simone restent à porter la même chemise.

M'mé Coche ne les aide pas, elle dit que chacun a ses soucis et que la crasse n'a jamais tué personne. En cela elle n'a pas tort.

Elle dit aussi qu'ils sont capables de se débrouiller tout seuls.

En septembre, Marc retourne à l'école. Avec les vacances, il a grandi. Il enfile une chemise du Père et il remonte les manches. L'école est loin. Il faut sortir du village et puis prendre le vieux sentier qui coupe par le bois. Il emmène son repas dans un sac. Quand il rentre le soir, il fait nuit. Le chien le sent venir de loin et il va à sa rencontre.

Maintenant, le soir, Mado mange avec eux dans la cuisine. Le Père est toujours à la regarder, à lui chercher les meilleurs morceaux dans les plats. Ça le met à genoux de devenir comme ça.

On n'est pas encore en hiver et il fait déjà froid. Les flaques d'eau gèlent pendant la nuit, on trouve de grands cubes de glace dans la mangeoire des poules.

Début novembre, le docteur revient. Il commence par mettre Simone dehors, qu'elle aille jouer loin, ailleurs. Avec Marc, elle va gober des œufs dans le poulailler et tirer au lance-pierres sur les verres des pylônes.

Quand ils reviennent, ils entendent crier dans la cuisine. C'est le docteur. Il est en colère, encore plus que la première fois.

— Je vous avais dit qu'il lui fallait l'hôpital ! C'est du sale boulot que vous me faites faire là !

Le Père est assis sur la chaise. Il ne répond pas.

Le docteur se lave les mains dans l'évier. De temps en temps, il se retourne et il dit des choses au Père.

A chaque mot, le Père se tasse un peu plus.

Le torchon, c'est un vieux maillot de Marc. En coton. Au début, il épongeait bien mais après, il a fait comme le reste, il a moisi. Quand il voit ça, le docteur secoue la tête, essuie ses mains sur son pantalon.

Ensuite, il s'en va.

Il y a une grande bassine d'eau chaude sur la table. Les volets sont tirés. Il fait sombre dans la chambre. M'mé Coche lave la Mère.

La Mère se laisse faire.

M'mé Coche ne dit rien. Quand elle a fini, elle redescend avec la cuvette. L'eau est rouge, pleine de sang.

Dans la chambre, ça sent mauvais. Marc n'entre pas. Il n'entre jamais dans la chambre des parents même quand ils vont bien. Quand la Mère le voit, avec Simone derrière, tous les deux sur le palier à ne pas oser bouger, elle fait un geste avec sa main et elle essaie de sourire. C'est un drôle de sourire blanc.

Elle ferme les yeux.

De voir la Mère comme ça, ils n'osent rien dire, même pas pleurer. Après, Marc entend un drôle de bruit derrière lui. Il se retourne. C'est Simone qui se pisse encore dessus. Elle regarde la Mère et elle pisse. Ça lui coule entre les jambes, le long des bas et dans les chaussures.

Marc lui met une gifle pour qu'elle s'arrête et ça réveille la Mère. De son lit, elle refait le geste avec sa main, on voit bien qu'elle est sans force, qu'elle ne peut pas parler.

M'mé Coche remonte avec la bassine propre. Elle leur passe à côté et quand elle voit ce que Simone a fait, elle lui en remet une.

Elle retourne vers la Mère et elle la lave encore. De tout le temps qu'elle fait ça, elle garde les lèvres pincées. Quand elle a fini, elle emporte la bassine et le ballot de draps. Elle redescend en maugréant des choses entre ses dents. C'est des choses contre la Mère et contre la vie. Pour le pipi de Simone, elle ne s'en occupe pas. Ça finit par rentrer dans le bois et par faire une auréole.

La Mère sent bizarre. On dirait qu'elle est morte. Elle a beaucoup transpiré. Personne ne l'a jamais vue couchée comme ça, dans son lit, à rien faire. Ce n'est pas l'habitude.

Et puis il y a cette chose pliée dans le torchon au pied du lit.

La Mère a les yeux fermés. Peut-être qu'elle dort. Ses jambes ne bougent pas.

La chose pliée ne bouge pas non plus.

Marc regarde la Mère et il regarde la chose.

M'mé Coche remonte.

— Sors-toi de là ! qu'elle dit en le poussant, et puis elle prend la chose par un pied et elle la laisse tomber dans la cuvette. Ça fait un drôle de bruit et la Mère ouvre les yeux.

M'mé Coche jette le torchon dessus.

— Si c'est pas malheureux, qu'elle dit en redescendant.

En bas, le Père ne bouge pas. Il fixe ses mains et la table devant lui.

M'mé Coche fait du café, et elle met Simone à sécher devant la cheminée.

Pendant tout ce temps, la cuvette reste sur la table.

Après, ils mettent le bébé dans une boîte et ils vont l'enterrer sous le tas de gravier avec la première grand-mère.

Ils ne veulent pas de Marc alors, tout l'après-midi, il reste à chasser les taupes dans le jardin.

Le lendemain, il prend la petite pelle et il va remettre les graviers en place.

Quand il revient, la cuvette est dans l'évier, avec son bol dedans.

Après, la Mère se lève et elle recommence à travailler.

Marc la suit partout, il est dans son ombre, tout le temps.

Ce qu'il veut, c'est qu'elle lui prépare des tartines de sardines écrasées et qu'elle s'assoie à côté de lui pour le regarder manger. Qu'elle reste assise tant qu'il mange.

Il mangerait à en crever pour garder la Mère à côté de lui.

Elle montre le tas de linge, tout ce qu'il y a à laver.

— Il faut bien vivre !

La Mère lave dehors dans le grand bassin. Elle plonge les mains, les bras, et puis elle les retire. Ça fait des bruits d'eau et de savon. Elle plonge encore et puis elle frotte les taches avec le savon en cube. Ça lui coule sur les jupes, sur les chaussures. La pierre lui casse le ventre. Quand elle regarde ses mains, elle a honte. Des mains de vieille, usées, crevées de gerçures.

— Mes mains, c'est de la râpe, de la toile à gratter.

Marc relève son pull pour qu'elle lui frotte le dos. Ça le fait rire parce que les mains de la Mère sont rêches et qu'elles grattent au sang.

Un jour, elle dit :

— Va étendre.

Il va étendre sur le fil, dans le jardin. La Mère en profite pour respirer un peu contre la pierre et regarder la vallée.

La rivière serpente, tranquille entre les herbes, et puis elle va rejoindre la Volane tout en bas, la Volane et la vallée. Les chamois sont à la source, ils broutent dans les hautes herbes de printemps.

L'ombre de la montagne avance. Elle gagne sur le pré, le jardin, la maison. Tout là-haut, le village des Cimes est encore dans la lumière.

C'est comme ça, en revenant d'étendre, que Marc entend du bruit dans l'écurie. C'est comme ça qu'il voit le Père. Le Père et Mado. Le Père derrière Mado, agrippé à elle. Il respire fort. Les cuisses de Mado sont blanches, ses jupes relevées. Il regarde. Le sexe du Père, dressé, qui s'enfonce dans le corps de Mado.

A la fin du repas, le Père claque son couteau et il regarde Mado. C'est un simple regard.

Il regarde Mado et Mado sort.

Elle sort simplement, sans rien dire.

La Mère non plus ne dit rien. Elle reste dans l'ombre de la table, les mains posées bien à plat dans le cercle de lumière.

Sous la table, Simone dort, roulée en boule contre le chien.

Avec le silence, on entend les premières gouttes sur le toit et puis le long des chenaux.

— N'y va pas !

C'est la voix de la Mère.

— N'y va pas je te dis ! Tu n'as pas le droit.

Du pouce, le Père écrase une mouche contre la vitre. Ça fait une traînée gluante, une épaisseur noire qui reste collée contre le carreau.

— N'y va pas…

Il sort quand même.

La Mère baisse la tête. Elle regarde la table, ses mains. Ses mains tordues, nouées. Elle a honte. La honte ne se partage pas. C'est quelque chose qu'on a dans le ventre et qui vous brûle tout seul, sans partage.

La Mère n'aime pas quand le Père va avec Mado dans l'écurie, Marc n'aime pas le matin, quand il faut prendre le chemin de nuit pour aller à l'école.

Simone, on ne sait pas ce qu'elle aime ou ce qu'elle n'aime pas, elle est tout le temps à dormir ou à se pisser dessus.

Dans l'étable, il fait sombre. Le Père attend que ses yeux s'habituent.

Les chaînes des bêtes raclent contre la pierre de l'écurie.

Quand Mado arrive, il la pousse contre le mur. D'une main, il lui ouvre tout le devant du corsage et, de l'autre, il fouille son ventre, ses cuisses.

Elle dit :

— Je vais partir. Vous êtes tous complètement fous ici !

Il la pousse encore et puis il lui embrasse la bouche, le cou.

— Je te donnerai de l'argent, et de l'argent aussi pour ta mère. Et puis tu auras des robes, des foulards, tout ce que tu voudras…

Il remonte ses jupes, enfonce ses doigts tout au fond d'elle, au fond de cette moiteur qui le rend fou.

C'est Mado qui a volé l'argent, Marc le sait, il l'a vue.

Et puis il l'a entendue quand elle a dit au Père qu'elle allait partir.

Il ne pouvait pas dormir à cause de la lune derrière la lucarne, de toute cette lumière qui rentrait dans la chambre. Il s'est levé et il est venu s'asseoir tout en haut sur les marches.

Il est resté un long moment à écouter la pendule et à imaginer des choses.

Il a entendu un bruit derrière la porte. Il a pensé à Mado, qu'elle se levait pour boire, et il a attendu. La porte s'est ouverte.

Mado avait ses habits, son grand sac.

Elle a fait le tour de la table jusqu'au-devant du buffet.

D'où il était, Marc pouvait l'entendre respirer. Elle a ouvert le tiroir et elle a glissé sa main tout au fond, là où la Mère range la petite boîte d'économies.

La main a tout pris.

Avant de sortir, Mado s'est arrêtée devant le chien et elle lui a caressé la tête. Elle a ouvert la porte sans faire de bruit.

Par la fenêtre, Marc l'a vue traverser la cour à grands pas, ses habits brillaient dans la lumière de lune.

Le lendemain, pour la Mère, c'est terrible, mais pour le Père c'est plus terrible encore. Il enfile sa grosse veste d'hiver, s'enfonce son béret jusqu'aux yeux.

— Je vais la retrouver. Je la ramènerai par les cheveux et je l'obligerai à rendre.

La journée qu'il reste parti. Quand il revient, il fait nuit. Le moteur de l'estafette fume.

Personne ne lui demande rien. La Mère pose une assiette sur la table avec de la soupe chaude dedans, elle lui coupe une tranche de pain, du lard, et elle va se mettre le dos contre le poêle.

Quand il a fini, elle dit :

— Tu vois où ça nous mène tes histoires ?

Les yeux du Père sont glacés.

La Mère continue.

— On n'a plus d'argent maintenant, on est bien avancés ! Tes gosses, tu les vois ? Ils traînent la honte derrière eux. Et la machine, on devait acheter une machine pour laver le linge, je n'en peux plus moi de frotter comme ça du matin au soir !

— On va emprunter au grand-père.

— Le Vieux ! Il voudra jamais.

— Alors, on vendra le veau.

— C'est ça, et après le veau, il nous restera quoi ?

Les mains du Père se mettent à trembler sous la table.

Après ça, pour le chien aussi ça devient difficile. Dans sa gamelle, il n'y a plus que des os qui flottent dans un peu d'eau et du pain. Pour le gras, c'est fini, la Mère le garde pour la soupe.

— Les vieux se débrouillent mieux que nous ! qu'il dit un soir le Père en tapant du poing sur la table. Ils ont moins de bouches qui réclament.

Marc reste la fourchette en l'air. D'un coup, il n'a plus faim. Simone continue d'avaler. Quand elle se rend compte du silence, elle lève les yeux de son assiette. Ils sont tous les trois à la regarder.

— Mange, qu'elle lui dit, fais pas attention.

Pour Marc, c'est trop tard, les mots ça a mis un drôle de goût dans sa purée.

Un matin, il voit arriver le camion du boucher. Le Père n'a pas le choix.

Après, il leur reste deux vaches et trois chèvres. Ils ont toujours le lait, le beurre et le fromage.

Avec l'argent du veau, la Mère règle sa note à l'épicier et elle achète un lot de semelles pour mettre dans les bottes. Elle achète aussi de la farine, du sucre, et un litre d'huile.

Avec la monnaie, elle prend trois rouleaux pour les cabinets. Simone et Marc sont avec elle.

— Vous irez doucement, qu'elle dit, il ne faut pas le gaspiller.

C'est un papier rose très doux, bien mieux que le papier du clou. Simone court tout de suite l'essayer. Quand elle a fini, elle garde le rouleau avec elle pour que le grand-père ne le trouve pas.

Avec la farine, la Mère fait des crêpes. Elle met du beurre dans la poêle. Quand le beurre est chaud, elle jette des morceaux de pommes et puis elle fait couler une louche de pâte par-dessus. L'odeur sort par la fenêtre.

— Allez les chercher, qu'elle dit en montrant la maison du grand-père.

M'mé Coche apporte de la confiture et du miel dans une tasse. Marc mange en se laissant fondre le miel sur la langue.

Il met du sucre sur ses crêpes et puis du chocolat fondu. Il s'en met partout parce qu'il mange trop vite, qu'il rit en même temps.

— C'est trop de bonheur ! qu'il dit.

On croit qu'il va pleurer.

Un moment, ils se regardent, ils sont tous ensemble, pour un peu ils seraient heureux.

Un jour, Simone se lève, la Mère lui donne le sac qu'elle a cousu pour elle pendant l'hiver.

Elle lui dit que ce sera son sac d'école, qu'il faudra y faire très attention.

Marc l'emmène près de la rivière et il lui explique pour l'école, il dit qu'elle va devoir se lever tôt le matin, descendre de nuit par la Rigole et rejoindre le village du Bas.

Que là-bas il y aura d'autres enfants.

Simone ne veut pas aller à l'école. C'est trop loin et il faut traverser la forêt.

Elle le dit au Père.

— On a tous fait ça avant toi et ça nous a pas tués !

Le lendemain, quand elle se réveille, elle a des poches épaisses sous les yeux. Elle prend son sac, son repas et elle suit Marc sans dire au revoir à personne.

La Mère les accompagne jusqu'au lavoir et elle les laisse continuer tout seuls.

— Attends ta sœur ! qu'elle crie.

Simone pleure et puis elle s'habitue. Pour le manger, il va falloir qu'elle s'y fasse de rester sous le préau pendant que les autres sont au chaud.

Au bout de trois jours, Marc ne l'attend plus. Elle reste en arrière, elle pleure.

— Pleure, tu pisseras moins !

C'est Marc qui dit ça.

Elle se pisse quand même dessus et quand elle arrive à l'école, elle est trempée. Elle n'a pas d'amies. Dans la cour, les autres filles l'appellent Pue la Pisse et, dans la classe, Mlle Latour la met tout au fond à côté d'une fenêtre.

Le soir, la Mère n'en peut plus de la laver. Avec l'automne, le linge sèche mal alors la Mère finit par ne plus laver du tout, elle met les culottes devant la cheminée et le lendemain Simone repart avec. Ça fait de la croûte jaune au fond. Avant de l'enfiler, Simone gratte la croûte avec son ongle et ça se décolle en poussière.

Elle ne se lave pas les doigts et la croûte reste dessous. Quand elle se gratte, elle s'en met dans les cheveux.

Sous le préau, Simone ne mange pas. Marc insiste un peu et puis il mange pour elle et il la laisse sur le banc pendant qu'il va courir dans les rues.

Il fait nuit. Chez M'mé Coche, les volets sont fermés. Avec la lune, il y a des ombres épaisses sous les arbres.

Marc est à la fenêtre à regarder les éclairs claquer derrière la montagne quand il voit revenir Mado. Elle longe le mur et elle fait le tour par le jardin pour entrer dans la cour.

Le chien est dehors. Quand Mado arrive au puits, il vient la renifler et il lui donne sa grosse tête à caresser.

Mado tient un paquet dans les bras. Elle s'approche de la maison, elle hésite un peu et elle pose son paquet sur la marche, juste devant la porte.

Elle reste un moment comme ça à regarder la porte, le paquet et la nuit tout autour. Après, le tonnerre se met à craquer plus fort dans les arbres, d'un coup Marc ne voit plus rien.

Quand la lumière revient, Mado est au chemin, elle court droit devant elle en relevant sa robe. Le paquet est resté devant la porte. La pluie se met à tomber, des grosses gouttes lourdes qui cognent contre les tuiles. Marc accroche les volets et il redescend.

En bas, ça sent bon. La Mère est devant le poêle. Elle fait une sauce avec de la farine, des oignons et du vin.

Le Père aiguise son couteau et Simone joue sous la table avec des chiffons.

C'est comme ça dans la maison quand Marc ouvre la porte. Il fait rentrer le froid. La pluie tombe dru, des gouttes serrées qui inondent la cour et font déborder les chenaux. D'un coup, on ne voit plus rien de la lune.

La Mère dit :

— Dieu du ciel, ferme cette porte !

Il fait nuit dehors mais avec les éclairs, on y voit comme en plein jour. La couverture du paquet est mouillée. Marc se baisse pour voir ce qu'il y a dessous.

Quand il voit, il appelle la Mère.

— Dieu du ciel ! elle dit.

Tout de suite après, le Père est là, et puis Simone.

Après, le bébé se met à pleurer et la Mère le ramasse pour le mettre au chaud. Elle le pose sur la table et ils restent tous autour à regarder.

C'est comme ça qu'elle voit le papier.

Elle le déplie et elle devient très pâle. Le Père lit à son tour et ça fait un grand silence dans la cuisine.

La Mère envoie Marc et Simone jouer dehors. Il pleut tellement que la pluie reste dans la cour. Ils traversent comme ils peuvent et ils vont se mettre à l'abri sous la remise.

Quand ils reviennent, le Père n'est plus là et la Mère fait chauffer du lait.

Marc récupère le papier, il le lit.

Après il vient vers Simone. Il la touche du coude.

— C'est une fille, elle s'appelle Manue.

On dirait le bébé qui était sur le lit de la Mère et qu'ils ont mis sous le gravier.

Ce n'est pas possible.

Marc dit que si, qu'on appelle cela une résurrection et que si on écoute bien Dieu, ça peut arriver à n'importe qui.

De mourir et de revenir.

Simone n'aime pas l'idée. Elle préfère vivre.

Marc pense que Mado s'occupe des enfants qui ressuscitent. C'est un métier merveilleux. C'est pour ça qu'elle est partie, elle a beaucoup de travail et elle ne peut pas laisser les enfants seuls trop longtemps. C'est pour ça aussi qu'elle a pris l'argent.

Il va le dire à M'mé Coche parce qu'il sait que M'mé Coche aime Dieu. Il lui dit aussi que quand il sera grand, il veut ressusciter les enfants.

Le soir, le Père et la Mère se disputent longtemps dans la cuisine et puis après dans la chambre.

Le matin, la Mère a de grosses poches sous les yeux et on voit bien qu'elle a pleuré.

Marc lui dit pour Mado.

Elle le regarde avec ses grands yeux et elle pleure encore plus fort.

Après, le Père vient le chercher. Il veut qu'il vienne avec lui dans l'estafette pour tenir le bébé.

La mère de Mado habite dans un autre village, une petite maison entourée d'un vieux mur. Là où le mur est tombé, il y a du grillage.

C'est un endroit de sétives. Six mois par an, l'eau remonte et la maison se plante dans la boue. Le reste du temps, elle est dans l'ombre, il lui pleut dessus.

Dans la cour, on trouve de tout, des bidons, des caisses, des vélos. Il y a même un matelas taché et un vieux lavabo.

Et puis il y a les cinq frères de Mado.

Quand ils arrivent, le plus petit est en train de patauger dans les flaques, il a des bottes mais elles sont fendues sur le devant, l'eau mouille ses chaussettes. Les autres jouent sur le tas de pneus. Le plus grand a des béquilles. Il saute d'un pneu à l'autre, chaque fois qu'il tombe, ses frères l'insultent. Il tombe souvent. Ça fait rire. Celui qui tombe ne rit pas, il continue.

Le Père gare l'estafette devant le portail.

— Mado, elle est là ? qu'il demande, le coude à la portière.

Les garçons s'arrêtent de jouer.

Le Père descend, il accroche ses mains au portail.
— Mado, je sais qu'elle est là, allez la chercher !
Les garçons se regroupent. Celui qui a des béquilles en profite pour disparaître à l'arrière de la maison.
— Et vous lui voulez quoi à Mado ?
C'est la mère. Elle remonte de la cave, un panier de pommes à la main. C'est une femme large, épaisse, avec un visage d'homme.
— Je veux la voir, qu'il dit le Père.
Les garçons se mettent autour de leur mère.
— Elle est pas là. Elle a foutu le camp et bon débarras !
— Je ne vous crois pas. Il faut que je lui parle...
Le Père veut ouvrir le portail mais la femme se met en travers.
— Vous lui voulez quoi à ma fille ?
— Lui rendre ce qui lui appartient.
Du menton, il montre l'estafette, la porte ouverte et le bébé à l'intérieur.
— Vous l'avez engrossée comme un malpropre, débrouillez-vous maintenant ! Et que je ne vous y reprenne pas à venir tourner par ici !
— Il faut que je lui parle.
— Et moi j'vous dis qu'elle est pas là ! Allez la chercher ailleurs ! Et si vous la trouvez, dites-lui qu'c'est pas la peine de r'venir. Maintenant, foutez le camp d'ici avant qu'j'm'énerve pour de bon !
Le Père recule. Il ne sourit plus, au contraire, son visage se ferme, devient grimaçant.
— Je reviendrai vous savez, je reviendrai !
— C'est ça ! Et moi j'vous lâche mes chiens !

Les garçons rient parce que les chiens, c'est eux.

Ils suivent le Père jusqu'à l'estafette et ils lui jettent des pierres en criant des insultes.

Le lendemain, le Père lui fait rater l'école et il retourne chez Mado.

Avant de partir, il gifle Simone parce qu'elle veut venir avec eux, profiter de l'estafette pour se promener.

Dans la cuisine, la Mère pleure.

— Pauvre malade ! qu'elle dit.

Elle les regarde partir sans savoir si le Père va devenir fou ou bien avoir un accident.

Chez Mado, il n'y a plus personne. La grille est fermée, la porte, les volets.

Le Père appelle et puis il fait le tour, va cogner au battant de l'entrée.

Tout ce bruit, ça fait sortir le voisin.

— Vous fatiguez pas, ils sont plus là !

Le Père se retourne, surpris.

— Comment ça, ils sont plus là ?

— Partis, envolés ! J'm'en suis rendu compte ce matin avant de partir pour ma tournée. Ils ont dû faire ça pendant la nuit. Vous m'direz, ils sont pas à regretter. Des voisins comme ça ! Des mois qu'ils payaient plus le loyer.

— Vous savez où ils sont allés ?

— Non pas, et je ne veux pas le savoir. Six ans que je les ai pour voisinage et je ne compte plus ce qu'ils m'ont volé en pommes, en cerises et en salades, jusqu'aux œufs de mes poules qu'ils allaient chercher dans mon poulailler !

— Vous n'avez pas une idée ?

— Pourquoi, ils vous doivent quelque chose à vous aussi ?…

— On peut dire ça comme ça.

— D'après moi, ils ont pris le car, c'est jour de marché. A l'heure qu'il est, ils sont sûrement en ville. Je crois qu'ils avaient de la famille dans le Nord. De toute façon, il faut qu'ils aillent loin, ils ont laissé des ardoises partout ! Ils ne payaient plus rien. Je suis facteur, c'est moi qui amène les lettres de rappel. C'est pas d'la curiosité mais j'm'y connais dans la façon de faire de ces gens-là. Il suffit de voir les lettres, on sait ce qu'il y a dedans.

Le Père reste un long moment sur le trottoir sans pouvoir bouger. Manue commence à pleurer. Elle doit avoir faim ou soif, ou quelque chose à quoi Marc ne pense pas.

Il doit secouer le Père parce qu'il reste les yeux fixes, à regarder la route devant lui. Il finit par démarrer et par rouler tête en avant.

En ville, c'est jour de marché. Tout le centre est bloqué. Le Père klaxonne pour faire pousser mais les gens ne se poussent pas.

Ils arrivent quand même à la gare.

Le Père laisse Marc et il va tourner sur les quais.

Quand il revient, l'estafette ne démarre plus, c'est à cause du moteur, il a chauffé. Il faut attendre.

Le Père retourne marcher le long des rails. Comme Marc ne veut pas rester tout seul, il prend le bébé dans ses bras et il le suit.

C'est en marchant comme ça qu'ils arrivent devant l'orphelinat.

L'orphelinat, c'est comme un château avec une grande tour sur le côté et un escalier en pierre qui monte à l'entrée. Tout autour, il y a des prés, des bois et des fontaines avec des poissons.

Dans l'entrée, ça sent le chou gras. Il n'y a personne, simplement un chariot recouvert d'assiettes sales. Une femme habillée en bleu vient chercher le chariot. C'est une religieuse. On ne voit rien de ses jambes ni de ses bras.

— Vous désirez ?

Le voile lui couvre le front et tout le tour du visage.

Ses yeux n'ont pas de couleur comme les yeux des aveugles ou de certains chiens. C'est avec ces yeux-là qu'elle regarde le Père et puis aussi Marc et le bébé qu'il tient dans ses bras.

— C'est une fille, il dit.

Le père est obligé de répéter parce que sa voix sort mal.

— Une fille. Elle s'appelle Manue.

Il y a de la confiture sur le chariot, du pain et du beurre en barquettes.

— Je m'appelle sœur Marie-Joseph.

Elle tend sa main mais le Père ne la touche pas. Il veut rentrer chez lui, c'est ce qu'il dit, laisser Manue et rentrer.

— Je comprends, qu'elle dit la religieuse, nous allons lui faire un petit dossier et vous pourrez partir.

Le Père prend le bébé des bras de Marc et il le pose dans ceux de la religieuse. D'un coup, Marc a les mains libres. Il s'approche du chariot, regarde le pain, les barquettes, il se les fait rentrer dans les yeux.

— J'ai à faire, il dit le Père, les bêtes ça n'attend pas !

— Donnez-moi au moins son nom…

— Manue je vous dis…

— Vous ne voulez pas que nous parlions un peu ? Je… Très bien, c'est comme vous voulez. Vous avez trois jours pour réfléchir, passé ce délai, nous la placerons. En attendant, nous allons bien nous occuper d'elle. Sœur Anne, venez voir !

Une fille passe la tête par la porte de service. Tout le dessus de sa lèvre est écrasé, ça lui fait un drôle de visage.

Elle s'approche et elle prend Manue contre elle, au chaud de son cou. A son regard, on voit bien qu'elle n'a pas peur du Père.

— Mon Dieu, une toute petite, quelle chance !

Elle se tourne vers Marc :

— C'est ta petite sœur ? Elle est très belle, vraiment !

Elle le voit qui bave comme un fauve à côté du chariot.

— Tu as faim ? On va te faire manger, tu es d'accord ?

Mais déjà le Père l'attrape par le bras et il l'arrache de là.

Quand ils reviennent, ils sont sans Manue.

La Mère dit :

— T'as pas l'air, mais t'es un beau salaud ! Même une chienne, elle ferait pas ça !

De trois jours le Père ne parle pas. Il part dans la montagne, on ne le revoit pas avant la nuit. Quand il rentre, il est sale, puant à faire peur. Il mange et il dort. La Mère ne le veut plus dans son lit alors il dort à la table ou dans la paille, avec les bêtes.

Le troisième jour, elle n'est pas encore habillée qu'elle l'entend repartir avec l'estafette.

Elle baisse les yeux sur ses mains.

Après, elle monte dans la chambre, ouvre les portes de l'armoire, sort les couvertures, les draps. Elle envoie Marc chercher le petit lit au grenier.

Marc ne dit rien. C'est dimanche, il n'a pas école. Il fait ce qu'elle dit et puis il va au bord de la rivière. Il attrape les poissons à la main et il les avale crus, tout frétillants. Les plus gros, il les garde dans sa bouche et il attend qu'ils crèvent. Après, il les donne au chat.

Les petits gris, il les embroche sur des bâtons et il se les fait cuire entre des pierres.

Quand il entend l'estafette, il revient en courant. Il voit le Père dans la cour.

C'est comme ça que, pour la troisième fois, Manue revient chez eux.

Dieu aime les enfants mais il ne garde que ceux qui ont le baptême c'est pour ça que la Mère a demandé au curé de venir.

C'est pour ça aussi qu'elle lave Marc et Simone.

Le métier de Dieu, c'est de regarder ce qu'on fait, le bien et le mal, surtout le mal, et de décider si on est mort ou vivant.

Il fait pleuvoir aussi. C'est un métier très dur, il faut être attentif et ne pas se tromper sur les gens.

Pour le reste, il y a les anges.

M'mé Coche connaît bien Dieu. Elle lui parle. Elle lui demande des choses pour arranger sa vie.

Quand le curé vient, elle lui embrasse la main et elle lui dit : Bonjour mon père ! en baissant les yeux.

Le jour du baptême, la Mère tire Manue de son lit. Tout de suite après, le curé prend la tête de Manue dans sa main et il lui met du sel dans la bouche. D'un coup, Manue se met à hurler, la Mère doit retenir Marc pour qu'il n'aille pas la chercher.

— C'est ça le baptême, elle lui dit, mais il ne veut pas l'écouter.

Il finit par récupérer Manue et par l'emmener avec lui.

Le soir, la Mère va dormir toute seule dans la chambre du fond.

Dans la chambre, ça sent le moisi à cause des pommes qu'elle garde pour l'hiver et du mouillé contre le mur. Si on touche, le plâtre reste collé aux doigts comme la peau du Fada. Les gens disent qu'il a la lèpre et que la lèpre se donne. Qu'elle se respire. C'est pour ça qu'ils le font habiter à l'autre bout du village.

Dans la chambre, il y a un lit, des pots de fleurs et des grains à rats.

La Mère arrange son lit avec des draps et des couvertures et elle retourne se chercher un oreiller.

La première nuit, le Père la laisse. Il ne dit rien.

Mais les nuits suivantes, quand tout le monde dort, il vient gratter au battant.

Il appelle la Mère. Il demande pardon, pieds nus sur le sol gelé.

La Mère n'ouvre pas.

Elle le laisse gémir.

Crever.

Elle lui dit :

— Tu peux crever !

Et lui, ça le fait tomber par terre de l'entendre dire ça.

Pendant des nuits et des nuits, le Père gratte à la porte.

Il finit par s'énerver et par cogner de toutes ses forces avec ses pieds, avec ses poings.

Après, il y a de la lumière chez M'mé Coche.

Marc croit que le Père va partir et les abandonner tous. Il ne sait pas comment ils feront pour vivre.

Il croit aussi que si la Mère ouvre, il la battra et ce sera terrible.

Ça le fait claquer des dents de rester comme ça dans le froid à écouter ce qu'ils se disent. Il gifle Simone pour qu'elle reste dans le lit. Elle se lève quand même. Il l'entend qui pleure dans sa morve debout à côté de la porte.

La Mère laisse faire. Si ça dure trop, elle dit :

— Va donc te coucher, pauvre imbécile !

Et puis :

— Tu n'as pas honte, dans la maison, devant les enfants.

Le Père a honte. Il a honte mais il revient, la nuit suivante et puis les autres nuits. Ça dure tellement que Marc ne se lève plus. Il les laisse faire, de toute façon il sait comment ça finit.

La nuit, Manue pleure. C'est à cause de ses dents qui poussent. Pour aider, la Mère lui donne des os à mordre. Marc lui donne ses doigts, après il a des marques.

Manue dort avec Simone dans le lit.

Marc attend le grand de la nuit pour venir prendre Manue. Au matin, elle est contre lui sur le matelas. Manue ne pleure jamais quand il fait ça.

Dans la grande armoire, il y a les serviettes, les torchons et puis il y a le collier de Manue mais c'est interdit d'en parler.

Manue n'est pas écrite dans le cahier des enfants nés.

Le cahier des enfants nés est caché dans les draps avec le collier. Il faut l'ouvrir quand il n'y a personne et faire attention de le remettre bien à sa place.

Sur la première page, il y a le nom du Père et le nom de la Mère ainsi que d'autres choses qui parlent d'eux. Derrière, il y a celui de Marc parce que Marc est né le premier. Après, il y a Simone.

Pour Manue, il n'y a rien. La page est vide.

Manue est tombée du ciel. Les lapins viennent d'un ventre, les chats aussi.

Manue ne vient pas d'un ventre, elle vient de rien, ou alors des nuages, comme la pluie.

Manue, c'est un secret.

Quand la maison est vide, Marc rentre dans la chambre, il ouvre l'armoire, il prend le cahier et il lit toutes les pages. A force, il le connaît par cœur.

Un jour, la Mère le trouve, assis sur le rebord du lit.

— Qu'est-ce que tu fais là ?

Elle demande et puis elle voit le cahier et tout de suite à côté, le collier.

Les mains de Marc se mettent à trembler, et puis c'est son corps tout entier, ses joues, ses lèvres.

— M'man…, il dit.

La Mère devient toute pâle.

— Remets ça où c'était.

Elle sent la vache, le fumier, mais il s'en fout, il veut qu'elle le prenne contre elle dans sa putain d'odeur et qu'elle le berce comme un bébé.

Après, il ne bouge pas.

Il tremble.

Pendant tout le temps qu'elle est là, il ne peut pas faire autre chose que trembler.

Il commence à baver. Avec la langue il suce ce qui coule et ça le dégoûte encore plus fort.

Il baisse la tête. Il suce et il tremble. Ça coule encore.

Tant que la Mère est là, ça coule.

Longtemps encore après que la Mère est partie.

Dans le village, la nuit, tout est silencieux. Il n'y a plus de vie. C'est pour ça qu'il n'y a plus d'école, plus d'église, plus de curé. L'été, Marc va jouer au chat-huant dans les rues, ça fait gueuler les vieux. Maintenant, il emmène Manue. Il la porte sur son dos et elle s'accroche à ses cheveux.

L'hiver, le camion de l'épicier ne passe pas, ils restent sans rien. C'est long.

Le Père ne supporte plus.

— C'est comme ça qu'on devient fou !

Marc va quand même à la rivière. Pour l'école, il rate une semaine sur deux.

La Mère ne parle plus au Père. Quand le Père n'en peut plus, il se met à hurler alors elle prend Simone fort contre elle et elle la caresse du plat de la main. Ça lui tord le visage mais elle la laisse faire, elle entend battre son cœur sous sa blouse.

Parfois, le Père est calme. Il reste assis devant la cheminée et il aiguise ses couteaux.

Ça lui arrive encore d'aller taper contre la porte de la Mère mais plus toutes les nuits.

— Tu ne me toucheras plus, il faut bien que tu te le dises !

Il ne reste pas longtemps. On dirait qu'il n'y croit plus.

— Tu me dégoûtes tu m'entends ! Tu me dégoûtes !

Le Père, il devient comme un chien devant elle. Ses bras sont grands, de plus en plus grands, on dirait qu'ils poussent encore pour aller se planter dans la terre.

Un jour, ses doigts toucheront le sol et il pourrira comme ça.

— C'est ça que tu veux, que je crève ! Tu pardonneras donc jamais ?

Il tombera comme une loque et elle donnera un bon coup de pied dedans.

En attendant, quand il est trop malheureux, il cogne sur la vache. Il cogne sur Marc aussi et puis sur le chien. C'est terrible pour le chien.

Marc dit que quand il sera plus grand, il emmènera Manue loin d'ici. C'est pour ça qu'il apprend à se battre. A un contre un, il gagne, mais depuis quelque temps ceux du Bas lui tombent dessus en bande.

Il remonte le visage en sang et la chemise déchirée, le Père le cogne encore pour lui apprendre le prix des choses.

La neige est tombée en épaisseur toute la nuit. Au matin, quand Marc ouvre les yeux, ça fait un drôle de silence. Il va à la fenêtre et il pousse le volet. Dehors, tout est blanc. On ne reconnaît plus la route, ni le jardin, ni le grillage. Même aller chez M'mé Coche il ne peut pas.

Ils se font des signes de la fenêtre pour montrer qu'ils sont là et que la neige est tombée.

Il faut la matinée au Père pour faire le chemin. Après, ça fait comme un tunnel et Manue s'amuse à glisser dedans.

Marc ne va pas à l'école.

Le soir, il aide la Mère à défaire les vieux pulls. Avec la laine, elle tricote de grandes écharpes qu'ils s'enroulent autour du cou pour dormir.

Après, il avale un grand bol de lait chaud avec du pain dedans et il va se coucher.

Il fait très froid dans les chambres. La Mère met des briques dans la cheminée. Quand elles sont brûlantes, elle les enveloppe dans du tissu et elle les glisse dans les draps. A force, Manue a les pieds en cloques.

La nuit, elle dort mal, elle entend le vent au-dessus des tuiles.

Au printemps, elle attrape les oreillons.

Un soir, M'mé Coche appelle Simone de sa fenêtre.

Simone s'habille et elle traverse la cour.

Dans la cuisine, le grand-père est assis dans son fauteuil. Ses moustaches ont poussé. Avant, il les taillait mais il a arrêté et elles pendent de chaque côté de sa bouche. Elles sont sèches et puis jaunes à cause du maïs qu'il fume. Sa cape est accrochée au clou juste à côté de lui. L'été, M'mé Coche met des boules antimites au fond de ses poches.

— Entre ! qu'elle dit, et ferme la porte.

Simone reste plantée au milieu de la cuisine, le dos au mur.

— Approche ! Tu grandis toi, mais tu n'épaissis guère. Dis-moi, tu reprends quand l'école ?

— Lundi.

— Parfait ! En sortant, tu passeras chez le boulanger et tu achèteras un gros pain. Du bien cuit et ne te fais pas voler sur le poids ! Voilà les sous. Tu fais attention de ne pas les perdre en route et de ramener la monnaie. Si ça se passe bien, je te donnerai une pièce et je te ferai goûter.

— Tu veux du pain ? elle demande Simone.

— Et alors, pourquoi pas ! Et tous les lundis, tu peux le dire au boulanger, qu'il te le mette de côté.

Simone avale sa salive, elle sent la joie l'envahir à cause de la pièce et du goûter.

— Allez, file maintenant !

Elle ne se le fait pas redire deux fois. Elle attend d'être dans la cour, cachée par le mur, et elle danse avec le chien.

Chez le boulanger, ça sent le chocolat, la farine et la brioche. Déjà dans la rue, mais quand on pousse la porte, c'est encore plus fort. Les gâteaux sont rangés derrière une vitre, ils font envie.

C'est la première fois que Simone voit une boulangère. Celle-ci est petite, très laide et très bossue. Pour regarder, elle penche la tête sur le côté.

— Je ne te connais pas toi, tu viens d'où ? qu'elle demande à Simone en pliant le pain dans le papier.

— De là-haut.

— Tu habites au village des Cimes ?

Simone fait oui de la tête.

— Et tu viens à l'école à pied ?

— Oui.

— Eh bien dis-moi, tu en as du courage. Bon, ton pain, je vais te le mettre dans un sac, ça évitera que tu le laisses tomber en route.

C'est comme ça que Simone achète son premier pain.

Quand elle passe au chemin, Marc est à la décharge, tout en haut du tas. Elle lui fait un signe de loin mais elle ne l'attend pas.

Quand elle arrive, M'mé Coche prend le pain et recompte la monnaie.

— Tu en as mis du temps, qu'elle dit. Avec le grand-père, on se demandait ce que tu faisais. Je ne veux pas que tu restes à traîner avec mon pain, tu entends ?

Simone dit oui en lorgnant du côté du placard.

— Tu veux goûter ?

Sûr qu'elle veut.

— Pendant que je prépare, va donc me ramasser les œufs ça sera toujours ça de fait, et puis tu peux casser la glace dans la mare des canards ! Ça gèle encore, ils peuvent rien boire. S'il n'y a pas assez, tu remets de l'eau mais juste un peu, ce n'est pas la peine de faire déborder.

Quand elle revient, il y a une tranche de pain sur la table avec de la confiture dessus.

Le pain, elle voit tout de suite que ce n'est pas celui de la boulangère, c'est l'autre, celui qu'il faut finir. Il fait l'élastique sous la dent.

M'mé Coche range son argent dans son porte-monnaie et le porte-monnaie dans le placard, sous la boîte à boutons.

Dans son porte-monnaie, il y a toujours un mouchoir. Avant de sortir, elle le mouille avec de l'eau de violette. Elle appuie le mouchoir sur le goulot et elle renverse la bouteille. Trois fois. A chaque fois, elle change de place. Ça fait trois ronds mouillés. Quand elle a ses vapeurs, elle se tamponne le cou avec.

Elle n'aime pas quand on la regarde tripoter son argent. Elle dit que Simone est toujours là, entre ses pattes, à faire la mendiante, et elle la fiche dehors.

Un jour, comme Marc revient de l'école, il entend hurler M'mé Coche. Tout de suite après elle est sur le devant de la porte à lui faire de grands signes avec la main. C'est à cause du rat sous son buffet.

Marc se couche sur le sol et regarde tout au fond. C'est un gros rat, on se demande comment il est entré, il a une longue queue poilue et des yeux noirs qui brillent tout au fond. Il le dit à M'mé Coche.

— Tu m'en débarrasses ! qu'elle crie sans l'écouter.

— J'aurai un goûter ? il demande.

Pour elle, donner, c'est une douleur.

Même avec le rat sous le buffet, elle a du mal à lâcher.

— D'être comme ça, tu me déçois, elle dit en haussant les épaules.

Le rat, il finit par l'avoir avec une boîte et la canne du grand-père. Pour ce qui est de le tuer, il le jette dans la fosse à purin. Ça fait un bruit, plouf, et puis plus rien.

Quand il revient, M'mé Coche est en train de couper son pain.

— Tu prends ce qu'on te donne c'est déjà bien !

Et elle l'envoie au grenier mettre des grains contre les rats.

— Le grand-père ne peut plus passer par la trappe.

Elle pose le pain, le couteau, remet le torchon par-dessus.

— Suis-moi.

Pour monter au grenier, il faut prendre l'échelle. Les barreaux sont usés. Tout en haut, il y a une trappe qu'il faut soulever. Derrière, il y a de la paille, des toiles d'araignée, la poussière lui tombe dans les yeux.

Il fait presque nuit sous les tuiles.

— Attrape la boîte ! qu'elle lui dit.

Il doit aller tout au fond en marchant bien sur les poutres parce que le plancher n'est pas sûr. Sa tête touche les tuiles. Il y a deux rats crevés dans la paille et puis un chat, plutôt la tête, enfin ce qu'il en reste. Les planches sont pourries. Il jette les grains et il revient vite.

— Fais attention où tu marches ! qu'elle crie M'mé Coche d'en bas.

Par deux fois il manque se tuer.

Après, il doit se laver les mains pour enlever le poison.

— Va manger dehors !

M'mé Coche ne lui donne rien d'autre, la tranche de pain c'est tout.

Le père a battu Marc et maintenant il bat le chien. La Mère lui crie d'arrêter mais ça ne sert à rien. Tous ces cris, ça fait pleurer Simone et ça fait pleurer Manue.

Il y a des jours où c'est l'enfer dans la maison.

Quand le Père a fini, Marc prend le chien et ils partent tous les deux dans la montagne. Il commence à pleuvoir, ils se mettent à l'abri dans la grotte des Alyses et ils regardent tomber la pluie.

Quand ils reviennent, ils sont trempés.

M'mé Coche voit passer Marc, elle l'appelle, elle le fait asseoir devant la cheminée. Elle le fait goûter aussi. Depuis le rat, elle est gentille avec lui. Elle lui dit de pas s'en faire pour le chien, qu'il a la peau dure. Qu'on ne le crèvera pas comme ça.

La confiture est douce, sucrée, il reste un long moment à la lécher pour se faire venir la salive. Quand il a tout fini, il mange le pain, regarde brûler le bois.

A six heures, la Mère l'appelle et il doit rentrer.

Dans la cuisine, ça sent l'oignon et la graisse grillée. D'un coup, Marc a honte. Il a mangé et il n'a rien gardé pour Manue.

Maintenant, avec eux tous, la cuisine est trop petite. Quand il se lève, le Père se cogne toujours au poêle ou à la table, et il doit vite reprendre sa place sur le banc.

La Mère a pleuré. La cheminée est éteinte, il fait froid.

Il faut attendre un peu, qu'elle dit la Mère, sinon on va manquer de bois pour finir la saison.

Le Père, personne ne sait jusqu'où il va quand il part mais sûr, il ne va pas chercher du bois, quand il rentre il a toujours les mains vides.

— Il n'y a personne dans les rues, personne nulle part ! qu'il dit. Ils sont tous partis ! Je ne peux plus vivre dans ce silence.

C'est vrai qu'il n'y a plus personne. Même le Fada du Moulin est parti. Il habite au village du Bas. Avec Manue, ils sont les derniers enfants.

Ils seront peut-être les derniers vivants.

— Dieu du ciel ! qu'elle dit simplement la Mère. Comment tu as fait ça ?

Simone ne répond pas. Elle pleure à grands cris et elle se met la main sur l'œil.

Marc va voir dehors.

Quand il revient, il dit :

— Elle jouait avec le fouet.

L'œil est fermé. Avec ses doigts, la Mère l'ouvre pour regarder dedans.

Quand elle voit, elle dit :

— Va vite chercher le Père.

A l'hôpital, ils disent que la lanière a tailladé l'intérieur de l'œil et qu'il n'y a rien à faire. Ils gardent Simone. Ils lui enlèvent l'œil et ils nettoient bien dedans. Comme ils ne peuvent pas la laisser revenir comme ça, ils lui en mettent un autre à la place.

Le soir, à table, elle enlève son pansement pour montrer. C'est le même œil, exactement, sauf que celui-là, il ne regarde rien. Il est fixe.

On dirait qu'il porte malheur.

Du coup, à l'école, on ne l'embête plus.

Une fois par semaine, elle sort son œil pour le laver. Elle le coince entre ses doigts, elle tire un peu et l'œil vient. Elle le pose sur un mouchoir et elle le fait tremper dans un produit spécial, un mélange de poudre et d'eau. Quand elle a fini, elle le laisse sécher et elle le remet en place.

La poudre, la Mère la commande par l'épicier. L'hiver, l'épicier ne passe pas, Simone ne peut plus se laver l'œil. Il coule. Ça lui fait un liquide jaune et épais qui lui colle les cils. Elle frotte avec son mouchoir mais ça revient. Elle finit par ne plus frotter.

De temps en temps, il faut changer l'œil.

Le Père l'emmène en ville dans l'estafette. Quand elle revient, elle a un œil neuf. Les vieux, elle les range dans une boîte au fond de l'armoire. Elle en a déjà plusieurs posés par ordre sur du coton.

Un jour, l'œil est sur la table, il sèche sur le torchon à côté du verre. Simone est dehors. Manue commence par le faire tourner sur la table et puis elle se le passe d'une main à l'autre. Elle ne pense pas à mal, c'est juste un peu drôle sous ses doigts de jouer avec un œil en faux.

Après, elle entend le chien aboyer au chemin. Elle sort d'un coup en gardant l'œil dans sa main.

Quand Simone revient, c'est trop tard. Manue ne sait plus. Ils cherchent partout dans la cour et puis du côté des bêtes, du purin.

— Si c'est une poule qui l'a avalé, il faudra attendre.

Le lendemain, ils sont tous à fouiller avec une brindille dans la merde des poules. C'est jaune et c'est gluant. Ils fouillent quand même, ils ne trouvent rien.

Il n'y a pas d'argent pour un autre œil et puis le Père en a assez de tous ces voyages à l'hôpital. Il dit que les routes sont gelées, qu'un jour il va y laisser l'estafette et qu'après ils seront tous bien avancés. Qu'on verra au printemps.

Simone reste avec son œil vide. La peau finit par se refermer et elle continue sa vie comme avant.

Au printemps, le Père ne parle plus de rien et puis un jour, Simone se réveille et elle commence à se gratter. Il se passe un jour ou deux, peut-être trois.

La Mère dit : Ça va passer.

Ça ne passe pas.

Une nuit, Simone a de la fièvre. Elle empêche tout le monde de dormir. Elle reste assise dans le lit à se tenir la tête et à gémir. Elle ne pleure pas simplement elle ne mange plus et elle fixe droit devant elle. Manue a peur. Elle ne veut plus dormir avec elle. Elle dort avec Marc, par terre, sur le matelas.

Le Père finit par sortir l'estafette.

— C'est l'infection ! qu'ils disent à l'hôpital.

Ils sont en colère contre le Père parce qu'il a laissé les choses se faire comme ça.

— Ça peut gagner l'autre œil et puis le cerveau ! Vous avez pensé à ça ?

Ils lui remettent un œil en verre, un plus moderne, qu'on nettoie moins souvent. Le Père doit faire le trajet avec la nuit et le verglas. Il ne répare pas le carreau de la chambre. Maintenant, quand il neige, les flocons rentrent dedans. Marc met du carton mais le carton se gondole, finit par crever. Il faudrait trouver des planches. Si un jour il en trouve une, il la clouera et tant pis pour la lumière.

La Mère ne sait plus comment faire pour les sortir de là.

Depuis des semaines, ils mangent des pâtes et des pommes de terre. Le soir, elle fait chauffer de l'eau et avec les restes, elle fait de la soupe. C'est triste parfois autour des assiettes. Pour la viande, c'est surtout Manue et le Père parce que le Père travaille et que Manue grandit.

Simone a des sandwichs à la moutarde.

Un jour, la boulangère lui dit :

— Tu es pâlichonne, toi, tu manges à ta faim ?

Dans un petit sac, elle met une brioche avec de la saucisse au milieu.

— Tiens, prends ça et sauve-toi.

Après, elle sort sur le pas de la porte pour parler avec la voisine.

Simone mange tranquillement en remontant le chemin. Quand il voit ça, Marc la cogne parce qu'elle ne garde jamais rien pour Manue.

A la maison, il raconte tout à la Mère pour qu'elle la gronde. Qu'elle la traite de mendiante.

— J'avais faim ! elle dit.

— Ce n'est pas une raison.

Dans la nuit, Simone se bat avec ses rêves.

Le lundi, à l'école, le directeur l'attrape par le bras. Il veut voir le Père, lui parler, alors il fait un mot pour qu'il vienne un soir après la classe.

La Mère lit et puis elle donne le papier au Père. Elle range le papier dans le placard et elle laisse comme ça.

Le soir, elle prend tous les vêtements et elle les lave à fond. Elle met à sécher sur le fil à côté du poêle.

Après, elle met Simone dans la bassine et elle la frotte au gant comme si elle voulait la tuer.

C'est comme ça que, pendant quelque temps, Simone va à l'école propre. Pour le manger, elle ne peut pas faire mieux. Elle donne du pain, du fromage, une pomme. Marc traîne dans le village, personne ne lui dit rien. Une fois, le garde, parce qu'il tourne autour des poires du curé. Il finit par en avoir quand même et par en ramener plein ses poches. Les poires, ça change des pommes. Quand elle voit ça, la Mère ne crie pas, elle lui fait promettre de ne rien dire et elle les prépare cuites en clafoutis.

Comme il pleut, Marc et Manue montent traîner dans le fenil avec les chats. Le Père et M'mé Coche sont dans la cuisine, juste en dessous. Ils se disputent. Avec la trappe, c'est facile d'entendre, il suffit de se coucher un peu et de mettre l'oreille bien à plat sur le parquet.

— Dites donc ce que vous avez à dire et qu'on n'en parle plus ! qu'il dit le Père en regardant M'mé Coche en face.

— Ce que j'ai à dire mais c'est ce que tout le monde dit partout ! Tu as trouvé une gueuse, tu t'es fait refiler l'enfant, et c'est sur notre toit que la honte retombe. Les gosses d'aventures, si c'est pas du malheur c'est quand même rien de bon.

— Vous n'avez pas votre mot dans cette affaire.

— C'est pas pour moi que je parle, c'est ton père, il méritait pas ça. C'était un courageux lui, il vous a pas élevés dans la richesse mais vous n'avez jamais manqué de rien.

— Mes enfants ne manquent pas !

— A d'autres ! Ils sont sales, ils ont des poux qui leur courent d'une épaule à l'autre.

— Ça veut rien dire les poux ! Tout le monde en a.

— Y a aussi que si tu travaillais avec plus de courage, tu pourrais acheter une machine à ta femme, y a plus qu'elle au monde à se briser le dos comme ça sur la lessive !

— Ça ne vous regarde pas.

— Ça me regarde ! Tous les jours que Dieu me donne de vivre, je dois voir ça de ma fenêtre et crois-moi, ce n'est pas un beau spectacle.

Entre eux, ça dure encore un bon moment. Pendant tout le temps, le grand-père reste dans son fauteuil sans rien dire. Par moments, il secoue la tête et il attrape son sac de pastilles. Il suce en faisant du bruit avec ses dents. On dirait qu'il n'entend pas crier.

Marc dit qu'il est le roi de la décharge. Il range tout ce qu'il trouve autour de son matelas, dans des sacs, des cartons. Son rêve, c'est de trouver un moteur d'avion pour pouvoir aller voir l'océan. Même s'il trouvait le moteur, il faudrait des ailes. Il dit qu'il est capable d'en fabriquer.

Il est tellement maigre des jambes qu'avec ses bottes on dirait un géant.

Quand Simone n'a pas le pain à remonter, elle s'assoit sur le talus et elle garde les cartables.

Un jour, il arrache du tas une poupée, il manque un bras, la tête, il lui montre de loin et il se met à gratter comme un fou pour trouver le reste. Il reste à chercher jusqu'à la nuit. Simone remonte, elle ne l'attend pas.

Quand il rentre, ils sont déjà tous au chaud dans la maison. Il plante la poupée en pleine terre dans le jardin. Elle reste des mois comme ça, piquée sans sa tête, même qu'avec l'hiver, la neige lui tombe dessus et Marc finit par l'oublier.

Au printemps, il la retrouve et ça le fait rire.

C'est Marc qui s'occupe de Manue. On dirait qu'elle est à lui, comme le chien est plutôt au grand-père et les poules à M'mé Coche.

Quand il fait froid, il s'assoit avec elle sur le devant de la cheminée et il lui peigne les cheveux. Personne d'autre ne peut faire ça. Il y va d'abord avec les doigts et puis avec la brosse. Quand il a fini, les cheveux de Manue sont comme des cerfs-volants mais ça ne dure pas, il suffit que Manue bouge pour que les nœuds reviennent. Une heure après, on ne peut déjà plus passer les doigts.

— Il va falloir penser à lui couper toute cette tignasse ! qu'elle dit M'mé Coche. C'est un vrai nid à poux !

Tout le monde en parle mais personne n'osera jamais toucher aux cheveux de Manue.

Un jour, il fait chaud, Marc n'a pas ses bottes, juste les chaussures en plastique qui lui entaillent la peau derrière les chevilles.

La Mère lui dit toujours : Ça finira mal tes histoires d'aller courir sur la décharge !

Il y va quand même.

Du verre, il y en a partout, des tessons et puis de la ferraille, des morceaux tranchants qui t'emportent les mollets et puis des éclats vifs comme des lames.

Ce jour-là, il trouve une boussole.

— Avec une boussole, on voit le nord, le sud, on apprend à se repérer si on est perdu sur un radeau.

Il tape sur le dessus de sa cuisse pour faire bouger l'aiguille.

— Elle marche ! qu'il gueule du haut de son tas.

Il montre les arbres, la grande forêt de sapins.

— Le nord est là !

Simone le sait depuis longtemps.

— Et l'océan, tu sais où il est l'océan ?

Personne ne sait ça.

Il est heureux quand même et il se met à sauter sur son tas de saloperies et de fil de fer bien planté.

Il redescend vers Simone et d'un coup c'est comme au ralenti, la main qui tient la boussole s'ouvre, les doigts s'écartent tout grand et la boussole s'envole.

Le verre est enfoncé d'une bonne moitié dans la semelle. Marc tire dessus pour l'arracher. Après, pendant tout le chemin, il ne peut pas poser le pied par terre. Ça pisse le sang derrière lui.

Le Père tape du poïng sur la table :

— L'omelette est trop sèche ! Je n'aime pas ça, tu le fais exprès !

Le Père crie toujours quand il parle à la Mère.

Marc fixe son assiette. Pour la décharge, il a pris une bonne baffe et il est resté un moment assommé contre la porte.

— Baisse les yeux quand je te parle !

Le Père dit ça et puis Tête à Claques. Quand il dit Tête à Claques, c'est qu'il a envie de frapper. Ses lèvres deviennent blanches.

Pour Marc, le bonheur, c'est les yeux de Manue et le temps qu'il passe à la décharge pour lui trouver des jouets.

Il fixe la lumière du ciel. Il compte jusqu'à six. Un jour, il ira jusqu'à dix et le monde sera puni.

— Tu finiras aveugle, on t'enfoncera des faux yeux dans les trous et tu auras tout gagné de la vie !

C'est ce que Simone dit.

Simone grandit. Elle ne sait rien du secret de Manue.

Marc sait.

— C'est des choses qui ne se font pas mais le Père les a faites.

C'est pour ça qu'il aime Manue. Parce qu'elle est un ange et qu'elle vient d'ailleurs.

Le Père tourne autour de la terre mais le grain ne pousse pas. C'est une mauvaise lune. Comme dans le ventre de la cousine Yvette. On lui met des graines pour qu'elle ait des bébés mais les bébés ne viennent pas. Son ventre est sec.

Dans les champs, le maïs verdit du bas des racines, tout le reste est en désolation. Le Père prend la terre, il la fait couler entre ses doigts. On dirait du sable.

Bientôt, l'eau coule rouge dans les tuyaux. Pour se laver, ils vont à la rivière.

Les cailloux de la rivière sont noirs, très lisses. Marc s'allonge dessus et il se laisse bercer par le soleil.

Quand le courant est tranquille, il traverse et il va de l'autre côté. Avec les crues, la rivière devient trop large. Manue le suit quand même. Le courant lui tape contre les jambes. Les rochers sont glissants. Quand ils sont de l'autre côté, ils font des signes à Simone et ils vont dans la grotte.

Elle reste toute seule à les entendre rire et puis appeler.

Tout ce qu'ils peuvent faire de bon pour les escargots, ils le font, comme de leur mettre de l'eau sur la coquille ou les cacher dans les herbes.

Simone ne s'occupe de rien. Elle se mouille un peu et elle retourne à la maison pour aider la Mère.

Un jour, quand Simone rentre, la Mère la regarde et elle dit :

— On n'a plus de café.

Simone comprend que quelque chose de grave vient d'arriver.

La Mère repasse de l'eau sur celui de la veille, elle fait pareil le lendemain et puis le lendemain encore. Ce café-là, même Manue peut le boire.

Le matin, la Mère leur donne une tartine de beurre rance. Ils la trempent dans le café et ils partent avec ça dans le ventre. Ils trouvent des prunes en chemin. A force, ils ont mal au ventre.

Un soir, en remontant, Marc tue un moineau. Il lui arrache toutes les plumes et il le fait cuire sur du feu, entre des pierres. Après, il essaie de le manger.

Marc dit qu'on ne peut pas tuer un moineau pour rien alors il se force, il suce même les os.

Après il donne les os au chien et il va vomir dans la rivière.

A la fin de l'été, le Père doit vendre les chèvres. Sans les chèvres, ça fait un vide dans l'écurie. Le Père ne s'occupe plus de rien. Le tas de fumier coule en purin dans la cour. Par vent d'ouest, l'odeur entre dans la cuisine, monte dans les chambres.

Un jour le Père les assoit tous autour de la table et il dit :

— On va descendre vivre au village du Bas. Pour l'école, ça sera plus facile. On louera la maison des cousins. C'est petit mais y a pas le choix, ici, c'est plus possible.

C'est pour les six ans de Manue. Il y a son gâteau sur la table. Les bougies, c'est M'mé Coche qui les a prêtées, mais elle dit qu'il ne faut pas les laisser brûler trop longtemps.

— Maintenant, souffle Manue !

Manue n'a pas le cœur.

Le Père dit qu'ils cherchent quelqu'un au gouffre, qu'il a fait sa demande et qu'il aura une réponse bientôt. Avec un travail régulier, il pourra faire son tiercé le dimanche et acheter une télé.

Ça fait comme un gros paquet de silence dans la cuisine.

— Et les bêtes ? qu'elle demande la Mère, et on voit bien à son visage qu'elle n'était pas au courant.

— On garde le nécessaire, une vache, le cochon, les poules et les lapins. Pour le reste…

— Le village du Bas… On s'y fera pas, qu'elle dit en secouant la tête. Et puis la ferme des cousins, tu n'y penses pas, dix ans qu'elle n'est plus habitée ! Il n'y a même pas d'électricité dans les chambres et puis c'est trop petit, on ne tiendra jamais à cinq là-dedans.

— Et ici, tu crois que c'est comment ? Aux prochaines neiges, le toit va nous tomber dessus et tu as vu la citerne ? J'lui donne un an et encore ! Pour ce qui est de la place, on pourra agrandir en prenant sur l'aile de l'écurie. J'y ai déjà pensé.

Le Père s'arrête de parler. Il regarde les gosses, il leur fait prendre leur morceau de gâteau et il leur montre la porte.

Après, il dit :

— Manue restera là jusqu'à ce qu'on ait fini. On viendra la chercher à Noël.

— C'est donc ça, qu'elle dit la Mère dans un souffle.

— Pourquoi ? T'es pas d'accord ?

— On peut pas lui faire ça…

Le Père se lève. Il commence à s'énerver et à marcher à grands pas autour de la table.

— On n'a pas le choix ! Cette gosse, il suffit de la regarder, c'est une sauvageonne, aussi bien à vivre ici qu'ailleurs. Et puis j'peux pas nourrir tout le monde sans trop savoir où j'vais. Alors on fait comme je dis et pas autrement.

— Et l'école, tu y as pensé à l'école. Il faut bien qu'elle y aille !

— Je t'ai dit, on viendra la chercher à Noël, au plus tard au printemps. Elle est quand même pas à trois mois près ! Pour ses premières lettres, la vieille n'aura qu'à lui montrer.

— M'mé Coche ? Tu parles !

La Mère pose sa casserole sur le feu. Quand l'eau commence à bouillir, elle jette une pincée de chicorée et brasse dedans avec une cuillère en bois. Elle brasse trop vite. L'eau déborde. Après, elle arrête de brasser et c'est toute la chicorée qui passe par-dessus.

— Du chagrin, c'est pas la première fois que tu m'en donnes, mais là, pour mon goût, tu y vas un peu fort.

— Qu'est-ce que tu dis ?

La Mère ne répète pas.

— En tout cas, c'est toi qui lui diras. Ne compte pas sur moi !

Le Père hausse les épaules.

Marc sait ce que veut faire le Père, c'est pour ça que les tourterelles sont parties. Elles étaient là, il a ouvert la cage et elles se sont envolées.

Maintenant, elles sont perchées haut sur la poutre. Quand le Père les verra, il sera furieux.

Peut-être qu'il se tuera. On peut se tuer pour des choses comme ça.

Depuis qu'il sait, Marc dort roulé en boule au pied du lit de Manue.

— Si c'est pas possible ! qu'elle dit la Mère quand elle le trouve. Tu vas finir par attraper la mort. T'es pas une bête quand même ! File dans ton lit.

La mort, Marc ne demande que ça, qu'elle lui tombe dessus et qu'elle laisse une place libre dans la maison des cousins. Une place pour Manue.

Un jour, dans la grange, il se met un plastique sur la tête. C'est M'mé Coche qui le trouve. Elle lui balance deux gifles et elle le rentre dans sa maison en le tirant par le bras. Elle lui fait du café, un grand bol. Elle dit que le café ça soutient.

— On s'en occupera de ta Manue, qu'elle lui dit.

Elle dit aussi qu'il est trop jeune pour avoir des chagrins d'homme, qu'il a le temps pour ça.

Les mains du grand-père tremblent. Il les pose l'une sur l'autre mais ça n'empêche rien. C'est une maladie qui l'attaque du dedans. Le docteur lui donne du sirop pour la respiration et quelques pilules qu'il avale le soir avec de l'eau.

Marc hausse les épaules :

— Comment ils pourront s'occuper de Manue, vieux comme ils sont, pas même capables de pisser sans se tenir au mur ?

Il prend des coups quand il parle comme ça mais ça ne l'empêche pas.

— C'est Simone qu'il faut laisser, pas Manue ! Et puis Manue, il faut lui brosser les cheveux, personne ne peut faire ça !

— On la nourrira, ça sera déjà pas si mal, qu'elle répond M'mé Coche.

Marc baisse la tête. Depuis quelque temps, l'intérieur du crâne lui fait mal. Quand ça lui prend, il se colle au mur et il attend que ça passe.

Dans son fauteuil, le grand-père suce ses pastilles. A force, ça lui fait de l'écume blanche au coin des lèvres, quand on s'approche, on lui sent toutes ses odeurs de bouche. Et puis ses odeurs de pisse aussi parce qu'à force de se retenir, il en laisse toujours partir et ça fait de drôles d'auréoles sur le tissu du fauteuil.

Le chien, son plaisir, c'est de poser son museau entre ses cuisses et de renifler tout ce qui remonte. Le vieux le laisse faire, c'est une entente entre eux.

— On part quand ?

Personne sait, c'est le Père qui dira, mais avant les premières neiges, c'est sûr.

Marc tend la main à Manue, il l'attrape, la tire tout en haut du talus.

— Voilà, on est arrivés.

C'est un endroit de pré baigné de lumière. Pour aller à la source, les vaches utilisent toujours le même chemin entre les herbes. A force d'écrasement, l'herbe ne repousse plus.

Il y a là un arbre, l'arbre aux loups pendus.

Marc s'avance. Il touche l'arbre, l'écorce.

— Autrefois, les chasseurs tuaient les loups et ils les pendaient aux branches pour faire peur aux autres. La première femme de pépé était une décrocheuse de loups. Elle leur ouvrait le ventre, une bonne entaille en travers, et elle leur prenait le foie. Avec, elle faisait des potions qui guérissaient tout, les jaunisses, les maux de ventre, de tête, les douleurs des femmes… Le foie de loup, il n'y a rien de mieux ! qu'elle disait. Elle rangeait tout dans des petites bouteilles en verre au fond de son armoire. Il n'y avait pas d'étiquettes dessus. Même pépé n'y connaissait rien. Quand elle est morte, il a tout fallu jeter. Après on a arrêté de pendre les loups et on a pendu les gens. Le dernier, on l'a pendu sans même savoir son nom. On dit que les nuits de pleine lune, ses os remontent à la surface. Qu'on en trouve dans les mottes et qu'on les voit briller dans la lumière. Les chiens ne les mangent pas. Ils les reniflent et ils s'éloignent la queue entre les jambes. Pourtant, on ne peut pas dire, il y a des jours où ils ont faim.

— Ton cordon de vie, il est là ? qu'elle demande Manue.

— Bien sûr.

Marc caresse la terre du plat de la main. Il s'assoit le dos contre l'arbre et Manue vient s'asseoir contre lui.

— C'est comment ?

— C'est long, c'est blanc, même si tu le mets par terre, les chiens ne le bouffent pas. J'ai vu quand tante Charlotte a coupé celui de Simone et qu'elle l'a mis dans le torchon. Même pour le grand-père ça s'est passé comme ça.

— Comment tu sais ?

— C'est la Mère qui me l'a dit.

— Pourquoi elle ne m'a rien dit à moi ?

— Parce que toi, ce n'est pas pareil, tu n'es pas née ici. Ton cordon est ailleurs, sous un autre arbre, peut-être même qu'il est dans un autre pays.

— Je suis née où ?

Marc hausse les épaules.

— Je ne sais pas.

— J'aimerais bien retrouver le mien et le mettre ici, avec le tien.

— Tu voudrais ça ?

— Oui. Quand je serai grande, j'irai le chercher et je le ramènerai.

Ils restent un moment silencieux, à penser à tous ces cordons mêlés et puis aux os du pendu qui remontent les nuits de lune.

Dans la douceur de fin d'après-midi, un vent léger fait bouger les feuilles dans les arbres. Des petits papillons bleus volent de fleur en fleur, leurs ailes transparentes laissent passer la lumière. La brise apporte des odeurs de foin, de paille sèche venues du village et puis plus loin encore, de la vallée.

Des buses nichent tout près, au sommet du piton rocheux. L'une d'elles prend son envol, plane un long moment au-dessus du pré et finit par disparaître de l'autre côté des montagnes. Son ombre bleue glisse sur la neige.

Marc frôle de sa main le dessus des herbes.

— Tu vois les traces ?

Il renifle la terre.

— C'est l'odeur des loups. Ils sont venus la nuit dernière ou celle d'avant.

Il se lève, regarde du côté de la forêt, dans l'ombre des grands arbres.

Il s'approche d'un buisson, cherche parmi les épines.

— Regarde ! Ils ont laissé des poils.

— Tu les as déjà vus ?

— Non, mais j'ai vu le Grand Aigle de la Montagne.

— Le Grand Aigle ?

— Oui, au bois Bouldieu. C'est lui qui donne vie aux arbres, aux animaux, aux fleurs et aux pierres.

— Aux pierres ?

— Oui, aux pierres. Il était loin, il pleuvait, mais je suis sûr que c'était lui. Tu veux que je te montre quelque chose ?

Marc plonge la main dans sa poche, en tire quelque chose de long et de poilu.

— Qu'est-ce que c'est ?

— Une patte de loup.

— C'est dégoûtant !

Marc hausse les épaules.

— Elle est sèche depuis longtemps, elle ne sent plus rien.

Des odeurs fortes montent du sol, un mélange de mousses, de champignons et de feuilles pourries. Marc prend de la terre entre ses doigts, il la fait passer d'une main dans l'autre. Il a encore maigri. Toute la nourriture qu'il avale ne lui sert à rien. Les os lui grandissent à l'intérieur. On les voit pousser par transparence, aux genoux et aux coudes.

Ça le brûle au-dedans de devoir quitter la montagne, les chemins, partir au village du Bas sans Manue.

Manue se redresse.

— Ça te sert à quoi d'avoir cette patte ?

— Celui qui la possède peut faire des choses rares, comme soigner les vaches quand elles sont ensorcelées ou mettre les mains pour guérir les panaris, les enflures, faire pondre les poules quand elles ne veulent plus pondre.

— Personne ne peut donner d'ordre aux poules !

Manue secoue la tête. Du bout d'une brindille, elle soulève une fourmi, elle la renverse, la laisse partir et puis la reprend, la retient prisonnière et finit par l'écraser. Après, elle recommence avec une autre fourmi.

— Tu vois ce que je sais faire moi !

Manue le regarde entre ses cils, par en dessous.

— Si j'étais Simone, tu me battrais.

— Tu n'es pas Simone et puis ce n'est pas du courage qu'il faut pour faire ça.

Manue fait la grimace.

Elle s'est noué des tresses d'osier autour des chevilles. Sur l'une des tresses, elle a piqué des perles d'églantier. Les perles sont rouges.

C'est des colliers de poison. Elle s'en est mis partout même autour du ventre.

— Et tu l'as volée à qui, la patte ?

— Je ne l'ai pas volée. C'est le Soigneu' qui me l'a donnée.

— Et toi, tu peux faire des choses comme soigner les brûlures et guérir les maladies ?

— Je peux.

— Comment tu peux savoir ?

— Je l'ai fait. Sur une chatte qu'on avait. Un jour, elle est arrivée en boitant. Un chien lui avait attrapé toute la patte arrière. L'abcès était énorme, il lui pourrissait le sang, une boule épaisse, c'était pas beau à voir ! Le Père a cru qu'elle s'était cassé les reins tellement elle avait du mal à se traîner. Un soir, il a dit qu'il allait faire ce qu'il fallait et il est allé chercher son fusil. Je pouvais pas laisser faire ça. Je suis allé au fenil et j'ai trouvé la chatte couchée de tout son long dans la paille.

— Et alors ?

— Alors... je lui ai posé les mains. Qu'est-ce que je pouvais faire d'autre ? C'était la première fois. Je me suis dit qu'il n'y avait rien à perdre et j'ai fait comme je sentais. Le lendemain, la chatte est descendue de l'échelle et elle a réclamé son lait. Elle ne boitait plus. Le Père est allé tirer ses cartouches sur les corbeaux. Trois jours après, les poils ont recommencé à pousser. Ça ne l'a pas empêchée de crever mais c'était d'une autre mort et puis des années après.

— Tu ne l'as jamais dit ?

— Non.

Manue hausse les épaules.

— Je ne te crois pas. Un chat qui va mourir, personne ne peut le sauver.

— Je peux mentir aux autres, Manue, mais pas à toi.

— Et avec moi, tu pourrais ? Me soigner, comme tu as fait au chat ?

— Oui, sans doute.

— Alors je vais me faire mal, on va attendre que ça moisisse un peu et quand ça deviendra limite, tu me guériras.

Le visage de Marc devient sombre.

— Ce n'est pas un jeu.

Manue se lève, secoue la terre de ses jupes.

Elle s'approche de Marc, lui prend la main et la pose sur son cou. Sous la peau, elle sent battre le sang.

— J'aurai tellement mal que tu le sentiras, où que tu sois, même si tu es de l'autre côté de l'océan. C'est comme un fil entre nous, quand j'aurai besoin, mon cœur t'appellera et tu viendras.

Il arrache sa main du cou de Manue. La douleur dans son crâne revient, vive, soudaine, elle le fait tomber à terre, au pied de l'arbre.

Quand il rouvre les yeux, il voit Manue disparaître au loin entre les grands sapins.

Du bout des doigts, il creuse un petit trou et il enterre les fourmis.

Dans le pré tout en haut derrière la maison, les piquets de clôture sont penchés, abîmés par la pluie, la neige et le vent. Par endroits, les chasseurs les ont renversés pour pouvoir rejoindre la forêt. La nuit, les sangliers passent et viennent fouiller dans le jardin.

Le barbelé est épais, recouvert de rouille. Par endroits, la rouille est tellement épaisse qu'elle se détache et colle aux doigts.

Manue défait le bouton de sa manche, la relève jusqu'au coude.

Le fil de fer est froid, mouillé. Les pointes piquent sa peau.

Elle appuie fort et puis plus fort encore. La peau résiste alors elle appuie d'un coup sec, jusqu'à ce que les dents de fer mordent dans la peau. Après, elle tire et la peau se déchire.

Manue tient son bras serré contre elle. Le sang tache son gilet. En coulant, il laisse de petites traces dans l'herbe, sur les cailloux.

Elle trouve une flaque en contrebas du talus. Elle ramasse de la terre et elle en pose par plaques tout au long de la plaie. La terre se mouille. Elle boit le sang, finit par l'empêcher de couler.

La Mère interdit de boire l'eau des flaques. Manue fait couler l'eau sur la plaie et puis elle boit à grandes lampées. Après, elle s'étend dans l'herbe chaude et elle regarde le ciel.

Le soir, dans le lit, la plaie s'ouvre, commence à couler.

Manue se lève, descend dans la cuisine.

Sur la table, la Mère a préparé les grands sacs, tout ce qu'ils emmènent pour ne pas revenir. Sous la remise, l'estafette est bourrée jusqu'à la gueule.

— On viendra te chercher à Noël, c'est ce que le Père a dit.

Manue a regardé Marc et Marc a baissé les yeux. C'est à cause des cordons, le sien n'est pas là. Personne ne sait où il est.

Manue boit un peu d'eau et puis elle cherche un torchon, finit par prendre celui de l'évier. Le tissu est humide, il sent le moisi. Elle enroule son bras dedans, remonte dans la chambre.

Le lendemain, ils se lèvent bien avant le jour. Le Père sort pisser dehors. Quand il revient, le café est chaud.

M'mé Coche et le grand-père viennent dire adieu. La Mère met des bols pour eux et, un moment, ils se retrouvent tous ensemble autour de la table.

La Mère emballe le reste de pain, le fromage et elle verse le café dans une bouteille.

— Pour Manue, vous ferez de votre mieux. De toute façon, ce n'est pas très loin, avec l'estafette on sera vite là.

Dans l'écurie, le Père détache la vache. Il fait à peine jour. M'mé Coche passe à la route avec le reste des bêtes.

Simone est déjà loin, elle court devant avec le chien.

Manue reste à la fenêtre, derrière le rideau. On voit juste sa tête. Elle ne sait pas où regarder.

Le Père reste sur le chemin. Quand ils sont loin, il prend l'estafette, descend par la route en goudron.

Du portail, le grand-père ne fait pas de signes, il regarde, c'est tout, c'est la vie qui s'en va. Quand tout le monde est parti, il se bourre des pastilles dans la bouche et il fait fondre tout ça.

La Mère a du mal à marcher, elle est trop lourde, ses seins tirent sous sa robe. Le chien court un peu avec le troupeau et puis il remonte. Simone a beau siffler, il ne revient pas. Elle doit l'attacher avec une corde et le tirer en lui donnant des grands coups de pied. Le chien finit par suivre, la queue entre les jambes.

Marc laisse tout ce qu'il aime, les grands arbres de la forêt, la montagne, la grotte, le ravin, la rue devant la maison, la pierre aux lézards et tout à la cime du chemin, la maison avec Manue dedans.

Et la rivière.

— Il y aura d'autres rivières ! qu'elle lui dit la Mère.

— C'est ça…

— Tu vas pas chialer quand même !

Chialer, tu parles ! Pour quelques arbres, des pierres, une pisseuse qui atteint même pas la barre du pressoir !

De tout le chemin, il garde les yeux sur les cailloux. Chialer, à d'autres !

Tout le long du chemin, personne ne parle, juste quelques mots jetés aux bêtes pour les faire avancer. Il n'y a rien à dire, ils s'en vont.

Même la Mère a peur de ce qu'ils vont devenir.

Le Père les attend au bas de la vieille route. Dans le village, les rues sont vides. Dès qu'ils passent, les rideaux se tirent.

Le Père hausse les épaules. Il montre la ferme avec l'estafette garée devant.

— C'est là ! qu'il dit, presque fier du taudis dans lequel ils vont devoir s'entasser.

Le devant de la maison est tout entier pris par la broussaille et les ronces. Ils ont du mal à faire avancer la vache. Le Père finit par la pousser dans l'écurie. Il lui donne à manger, à boire. Pendant ce temps, la Mère sort le casse-croûte. Ils mangent dehors. Dedans, il fait sombre, tout est sale, trop abandonné.

Tout de suite ils voient que le toit laissera passer l'eau.

Marc dit :

— De toute façon, je remonterai.

Et il prend sa première gifle.

— Quand tu veux, qu'il répond le Père, on te retient pas. Mais avant, j'ai besoin de tes bras, y a du travail ici et je vais pas te nourrir à rien faire.

Dans la cour, il y a un puits et une glycine qui court le long du vieux mur. Ils vont enfin avoir des fleurs.

La Mère montre la chambre.

— Pour un temps vous dormez encore ensemble, Simone dans le lit et Marc sur le matelas. Après, ça va s'arranger.

Les murs sont sales, pisseux, heureusement il y a la lucarne. En montant sur une chaise, on voit la forêt. Tout en haut dans la forêt, il y a le village des Cimes et il y a Manue.

Le Père explique :

— L'eau, de quelque temps, on ira la chercher au puits mais bientôt, vous verrez, elle va couler chaude et froide dans l'évier.

Le Père promet. Pour l'électricité, il va voir et avec sa première paye, il va tout faire refaire. Il pourra acheter une télé, brancher la radio.

Marc reste debout au milieu de la cuisine. Il ne sait pas quoi faire de ses mains. Même le chien ne sait pas où se mettre alors il se cale contre le mur et il se respire la queue.

Simone est heureuse, l'école n'est pas loin. Elle est la seule à sourire.

Le bras de Manue durcit. Par endroits, la peau se referme, ça fait des poches de pus qui se tendent à craquer. Quand les poches crèvent, le liquide coule, chaud, épais.

Une nuit, elle se lève, va vomir dans la cuvette.

Elle tire les rideaux pour voir les étoiles. Au matin, elle claque des dents. Dans la remise, elle cherche un coin de paille, se roule en boule dedans.

Quand elle ouvre les yeux, Marc est près d'elle.

Il crache et il crache encore, de longs filets de bave qui mouillent le tissu. Après, il décolle.

— Je n'ai pas pu venir avant. Le Père ne me lâche plus. Il me fait tout faire, arracher les ronces dans la cour, gratter les murs, même monter sur le toit pour remettre des tuiles. En plus, on n'a rien à bouffer. Il dit que ça va s'arranger. Tu parles !

Il regarde la plaie et puis il regarde Manue, les grands yeux de Manue.

Lentement, il lui prend le bras, le pose sur sa cuisse. Il approche ses mains, les place au-dessus de la plaie. Il sent l'odeur, la peau de Manue, son souffle chaud.

— Tu crois que ça va marcher ?

— Chut…

Ils restent assis côte à côte sur la botte de paille. Il frotte les mains sur son pantalon et il fait comme avec le chat.

Manue fixe son visage. Elle sourit.

— On dirait que tu es vieux quand tu fais ça.

Marc ne répond pas. La sueur coule le long de son cou, mouille sa chemise. Le mal est allé loin. Il a creusé en profondeur dans la chair et puis dans le corps de Manue.

— Je le sens, il dit, je le sens…

— Qu'est-ce que tu sens ?

— Le mal…

Son visage est crispé. C'est à peine s'il peut respirer.

Tout près d'eux, une poule gratte de la patte dans la poussière. Quand elle trouve un grain, elle roule des yeux contents et elle repart un peu plus loin.

— C'est des ondes de chaleur, le mal, tu comprends ?

C'est un murmure. Marc montre sur le bras des points plus chauds que les autres.

— Mais après, tu vas être malade à ma place ?

— Ça m'est égal. Dans deux jours, tu n'auras plus de traces. Il faudra brûler le torchon.

— Je vais l'enterrer au pied de l'arbre de vie.

Marc sourit.

Il sort de sa poche une fiole d'éther et du coton, et il tamponne la plaie.

Manue attend qu'il ait fini et elle demande.

— C'est comment en bas ?

Marc hausse les épaules.

— En bas ? Je ne sais pas, je n'ai pas encore eu le temps de m'habituer. Hier, avec le chien, on est allés casser les verres des pylônes mais pour ce qui est de la vie, je préfère ici. Je préférerai toujours ici.

Il la prend contre lui.

— Je vais pas te laisser tomber tu sais, ça ne sera pas facile mais même avec la neige je trouverai bien un moyen de passer.

Manue ne peut pas dormir, elle regarde le feu qui finit de brûler dans la cheminée et puis l'ombre des vieux corsages que M'mé Coche met à sécher pour la nuit.

Maintenant tout est à elle, la maison, la rivière, la montagne, même l'arbre aux loups.

Tout, jusqu'au Grand Aigle de la forêt.

Chez M'mé Coche ça pue, il faut vivre dans l'odeur.

Au début, ça fait transpirer la peau mais après on s'habitue. Le pire, c'est le placard de la cuisine.

M'mé Coche ne jette rien :

— Ça peut servir, on ne sait jamais…

Et elle entasse sur les rayons tout ce qui lui tombe sous la main, les vieilles boîtes, les flacons, les tissus mouillés, les vieux journaux.

Au milieu de tout ça, il y a les choses qui se mangent, le fromage, la viande cuite, ça finit par prendre l'odeur de l'huile. Le pain aussi, les souris viennent creuser directement dans les croûtes. Des souris petites comme le pouce mais suffisamment en chair pour avoir à pourrir quand ça crève.

L'odeur stagne, été comme hiver.

Elle attend derrière la porte.

Elle se colle aux assiettes, surtout dans les creuses, sur les rebords, quand on les prend on doit s'essuyer les doigts sur le pantalon. M'mé Coche n'essuie rien, question d'habitude. Les fleurs du vinyle sont délavées, c'étaient des marguerites avec du beau liseré, il reste quelques pétales par-ci par-là.

M'mé Coche dans ses pantoufles, c'est comme un vieux chien qui se traîne. On croit qu'elle va s'affaler sans même arriver à la porte.

Elle vit de rien, le soir, un peu de pain trempé dans du lait, c'est à peine si ça fait un bol.

Quand elle marche, elle a toujours peur de se cogner, de se faire éclater une mauvaise veine et d'avoir à en crever.

— Tu prendras bien un croquet ?

Manue baisse la tête.

Les biscuits en ont des relents de caillé à tant rester dans le plastique.

Manue avale sa salive. Le croquet, elle le prend du bout des doigts. Elle le garde un bon moment sans rien pouvoir en faire. Après, elle se le pose dans la bouche. Il se colle au palais.

— C'est la boîte, qu'elle dit M'mé Coche, ça les fait suer.

Le chocolat fondu, à force, ça rancit. Ça coule sur les autres.

Si le chien est là, discrètement, le croquet glisse sous la table, mais ce n'est pas toujours possible.

M'mé Coche n'aime pas le gaspillage.

Pour le chien, il y a les os et puis la soupe du soir, un trempé où flottent de la graisse et du pain. Pas de quoi cracher sur la douceur.

La rue devant chez eux s'appelle la rue de l'Arbre-Sec. Après, c'est la forêt sans chemin.

Sur l'arrière, il y a un verger avec des cerises, des prunes. Les prunes, les plus terribles, des jaunes qui laissent un goût de miel dans la bouche. Des coups à diarrhées au printemps.

Pendant des jours, Marc ne peut pas vivre et puis il finit par s'habituer. Il passe ses journées à tourner autour des grues au bord de la Volane. C'est à cause du pont. Au printemps, la rivière a tout emporté.

— La crue du siècle ! qu'ils disent.

Le chantier, c'est ça, il faut récupérer les pierres dans l'eau, les remonter à bras d'homme et poser toute la caillasse sur les bâches. Ceux de la construction font les plans. Ils viennent tourner sur la place avec leur jeep.

Le pont, c'est du romain, rien à voir avec le béton du Pont Neuf en contrebas. Ils veulent reconstruire à l'identique.

En attendant, on franchit la rivière en passant sur une passerelle de bois. Les vieux ne s'y fient pas.

A tout prendre, ils préfèrent le Pont Neuf même s'il faut faire un détour.

Quand il ne pêche pas, Marc va tourner autour du chantier. Ce qu'il aime le plus, c'est le bruit des machines et regarder la grande grue au-dessus des toits.

C'est comme ça qu'il s'habitue.

Maintenant, à midi, Simone rentre à la maison. Elle ne mange pas mais au moins elle est à l'abri.

Elle ne se pisse plus dessus mais elle garde l'odeur. A l'école, on l'appelle toujours Pue la Pisse, ça va lui rester. Son œil en verre fait peur alors on l'insulte de loin, sans l'approcher.

Le Père a fini par être embauché au gouffre. Il pointe, une boîte en fer dans laquelle il glisse une carte avec son nom et sa photo. Du matin au soir, il reste au fond sans rien voir du soleil. Dans le gouffre, plus on s'enfonce, plus il fait nuit.

Lui, il est au plus bas.

Dans le dernier ascenseur.

C'est lui qui fait descendre les gens. Son ascenseur est vert.

Arrivé en bas, il n'y a plus de lumières, juste celles du lac et des lampes qui sont soudées à la roche.

Avant, il n'y avait qu'un seul ascenseur. Le jour où il a lâché, ça a fait six morts et ils ont dû refaire le système de descente.

Plus on descend, plus l'air devient humide, difficile à respirer. Le Père a mal aux os. C'est l'infiltration, la moelle fait éponge.

Dans son sac, il glisse une bouteille de rouge. Quand il boit, il ne sent plus l'humidité.

Il remonte à six heures. Il rentre à pied ou en vélo. Le samedi, Marc va l'attendre. Si le chef n'est pas là, il fait une ou deux descentes et il va tourner autour des barques.

Le Père ramène sa paye à la quinzaine. Il y a trop de choses à faire pour si peu d'argent.

Il n'y a toujours pas d'eau chaude sur l'évier ni l'électricité dans les chambres.

Un soir, la Mère dit :

— Il faut qu'on aille aux Cimes avant les neiges. Après, on ne pourra plus passer.

Le Père secoue la tête.

— On a des nouvelles par l'épicier. Tant que tout va bien…

— Mais pour Manue… C'est bientôt décembre. On peut pas laisser les choses comme ça !

La chambre de Marc est juste au-dessus. La chaleur passe par le plancher. Les odeurs aussi. Et puis les voix.

Marc se glisse sous le lit et il regarde entre les lattes. Il écoute, le nez dans la poussière.

Il entend le Père.

— Si elle s'habitue là-haut, on va pas la déplacer. Et puis ça fait une compagnie pour les vieux.

— Et l'école ?

— Ça peut attendre non ! De toute façon, pour ce qu'ils y font.

La Mère répond quelque chose et tout de suite après, le Père se lève, cogne du poing sur la table.

— J'peux pas nourrir tout l'monde, tu peux comprendre ça ! Tu vois déjà c'que ça donne avec nous quatre ? Alors pour l'école, elle ira mais elle fera comme les autres, elle partira le matin et elle remontera le soir ! On l'a tous fait dans la famille, ça nous a pas tués.

La Mère ne répond pas.

Le Père enfile sa veste et puis il revient vers la Mère. Il lui dit quelque chose de méchant parce que la Mère s'assoit et qu'elle se met à gémir.

De son côté, Simone commence à pleurer en se tripotant la robe.

Quand le Père part comme ça, personne ne sait où il va, ni s'il va revenir et tuer tout le monde. Il est capable, rien que pour montrer qu'il est le Père et qu'il a encore de la force dans les reins.

Le soir, ils dînent tous en grand silence. Simone est sale, pleine de morve. La Mère l'envoie s'essuyer au torchon et elle s'en met partout.

La maîtresse dit qu'il faut laver Simone, qu'à force la gale va lui entrer dedans et lui courir sous la peau. Que la gale est une maladie et qu'il faut s'en méfier.

Un jour, elle fait une lettre pour expliquer tout ça.

La Mère hausse les épaules mais le soir, elle fait quand même tremper les torchons dans la Javel. Elle lave Simone et puis la semaine d'après aussi.

Après, ça s'arrête.

Marc se lave le samedi, c'est régulier. La semaine, c'est juste avec le gant et un peu d'eau dans la cuvette.

Le Père a dit qu'ils iraient chercher Manue à Noël et maintenant que Noël est là, plus personne ne parle.

Un soir il dit :

– On va quand même y aller, on mangera la dinde.

Marc sort, il va dans l'écurie brosser la vache.

Deux jours plus tard, le Père met de l'essence dans l'estafette et ils grimpent tous dedans.

C'est comme ça qu'ils entrent dans l'hiver.

Dès janvier, le froid tombe sur la montagne. Dans les maisons, ceux qui oublient de calfeutrer perdent d'un coup trois ou quatre degrés.

C'est la Mère qui décide du jour. Un matin, elle monte au grenier et elle fait glisser par la trappe les gros sacs de toile. Ils tombent en soulevant des nuages de poussière.

Ensuite, elle ferme tous les volets.

Entre les fenêtres et les volets, elle bourre des cartons et puis du papier journal contre les vitres pour empêcher le gel de tenir. Les sacs, elle les glisse sous les portes et partout où l'air peut passer.

Elle fait comme ça pour toutes les pièces et puis pour la fenêtre de la cave et celle de l'écurie.

Maintenant, dans la maison, on ne voit plus rien. On se croirait dans une tombe. Pour la chambre, il y a les bougies, ça fait des ombres, Marc joue avec.

La Mère a vu juste. Les températures commencent à chuter. C'est un froid vif, glacé, un vent sec venu du nord qui souffle trois jours durant en tempête.

Pour sortir, ils passent par l'écurie. Ils pissent dans la rigole, avec les bêtes. Pour le reste ils se débrouillent et ils mettent de la paille par-dessus.

Une nuit de grand vent, la Mère doit sortir pour clouer des sacs contre la porte. Marc va avec elle, il tient le sac, fait passer les pointes.

Quand il revient, il dit que le vent a cassé une branche au marronnier et qu'il y a des tuiles dans la cour.

Simone écoute les bruits, assise sur les marches.

Dans la chambre, le Père gueule parce que le froid vient du toit, pas de la porte.

— Si tu ne buvais pas la moitié de ce que tu gagnes, il y aurait de quoi faire réparer !

Le Père hausse les épaules. De toute façon maintenant il ne gagnera plus rien, avec les gros froids, le gouffre est fermé jusqu'au printemps.

Le jour de la foire, ils se lavent tous, ils s'habillent et ils vont sur la place écouter la fanfare. La Mère leur achète des jetons pour les manèges. Marc gagne des araignées en plastique au tiroir à surprises et il mange des sandwichs à la saucisse.

Le Père ne vient pas avec eux. Quand ils rentrent, ils le trouvent couché dans la cour, une bouteille à la main. La Mère le secoue et puis elle lui jette de l'eau dessus. Ça ne le réveille pas. Ils s'y mettent tous et ils le tirent dans la cuisine en le faisant glisser sur les marches. Simone tient sa tête pour qu'elle ne cogne pas.

Elle pleure :

— Mon papa ! Mon papa !

Quand il est tout entier dedans, la Mère le laisse à plat sur le sol.

Elle lui enlève ses chaussures. Ses chaussettes ont de gros trous, les orteils sortent. La Mère les enlève et les jette plus loin, dans la bassine.

C'est la première fois que Marc voit les pieds du Père, ses doigts tordus et puis les ongles épais et gris comme de la corne.

— Regarde pas comme ça ! qu'elle dit la Mère en le repoussant du bras.

Quand il ouvre les yeux, le Père met du temps à comprendre où il est. Dès qu'il peut parler, il réclame ses gouttes. C'est comme ça qu'on voit qu'il s'est battu, à cause des bleus qu'il a autour des yeux et de ses lèvres toutes gonflées.

Dix gouttes dans un verre, avec un peu d'eau. C'est Marc qui s'en occupe. Il fait chaud. Le poêle ronfle. Il fait couler les gouttes dans le verre. A dix, il s'arrête, et il regarde le Père en dessous.

Il continue de verser des gouttes.

Et si ça tue le Père ?

Marc tend le verre et le Père boit. Le liquide glisse dans sa bouche, passe dans son sang, il emporte les gouttes.

Après, Marc rince le verre avec la brosse en fer. Le Père s'endort à la table. Bientôt, il ronfle et il râle contre ses mauvais rêves.

A six heures le lendemain, il est debout, vivant. Il y a des traces de vomi sur le sol, il ne nettoie rien, c'est la Mère qui doit faire ça.

Il y a encore une lettre de l'école pour la Mère. C'est à cause de Marc, il a des poux, il faut le traiter. C'est obligatoire. Le mot obligatoire est souligné.

La Mère, traiter elle ne sait pas, alors elle assoit Marc sur une chaise au milieu de la cuisine et elle le rase.

Le lendemain, quand elle voit ça, Mlle Lemard est furieuse. Elle vient spécialement chez eux pour parler à la Mère.

Quand elle voit la cuisine, l'odeur qu'il y a dedans et puis celle qui monte des chiottes, elle a comme un haut-le-cœur, elle ne trouve plus ses mots.

— Des turques, elle dit la Mère en montrant la cabane sous la remise, alors forcément comme c'est plein, ça sent. Surtout par mauvais vent.

Ce qu'elle ne dit pas, c'est que maintenant ils font tous dehors, là où ils peuvent, et le Père, ce qu'il fait, ce n'est pas rien, ça reste à puer pendant des jours pour peu que personne ne marche dedans avant.

Et puis il y a aussi tous les coins où il va vomir son vin.

— Forcément, elle répond Mlle Lemard, polie, et puis elle regarde Simone, d'un air désolé.

Elle la regarde à pas détacher ses yeux de sa robe, de sa saleté, et soudain Simone a honte, honte d'être là dans cette misère, avec les chiottes qui débordent, les torchons mouillés, les rats qui grouillent et le vomi du Père.

Mlle Lemard le voit bien alors elle secoue la tête, elle regarde ailleurs et puis elle parle pour Marc.

Elle montre sa tête, son crâne nu.

— Il y avait d'autres moyens… Si ça arrive à Simone, je veux dire les poux… il ne faut pas la tondre. Je vous enverrai la dame du Centre, elle vous donnera des shampooings…

Ça pue la misère ici, jusqu'au linge sur le fil qui n'est pas net, alors elle ajoute :

— Vous n'aurez rien à payer, ne vous en faites pas.

— J'm'en fais pas ! qu'elle dit la Mère en haussant le menton.

La maîtresse ne sait plus quoi dire.

— Vous prendrez bien un peu de café, qu'elle demande la Mère, et elle la pousse sur le banc pour lui en servir une tasse bien pleine.

Mlle Lemard, ce n'est pas ses habitudes, elle a du mal à avaler. Elle reste assise tout au bout du banc avec son sac sur les genoux et ses boucles d'oreilles en forme de cœur.

Après, elle part. On a l'impression que ça lui fait du bien de quitter la maison, d'aller respirer ailleurs.

La Mère ramasse les tasses, les pose dans la cuvette.

— C'est facile de venir faire la leçon quand on donne dans les grands airs !

— Elle est gentille, répond Simone.

— Tu parles ! Elle va nous envoyer la Sociale au cul, c'est tout ce qu'on va gagner.

En attendant, Marc a le crâne à nu. Avec le temps, les cheveux repoussent mais ça lui donne un air méchant. Quand il croise des gens, il ne les regarde pas ou alors par en dessous, c'est pire.

La Mère lui dit de ne pas regarder les gens comme ça mais il n'y peut rien.

C'est son regard.

Si encore il grossissait.

Quand il ne pleut pas, il va plonger ses lignes derrière les roseaux. Les eaux sont sales mais elles pullulent de carpes. Il en rapporte que la Mère bourre de pain et d'herbes, c'est fade mais ça tient au ventre. Il pêche sans carte, à la fraude, c'est la meilleure il dit. La nuit, il pêche au toucher.

— Pas besoin de voir, à force on finit par sentir la carpe tourner autour du ver, les mouvements de l'eau passent dans le fil et il n'y a plus qu'à tirer.

Il est le seul à pouvoir pêcher comme ça.

Quand il fait ça, il ne veut personne avec lui, même pas le chien.

— Y a pas urgence, ça va bien comme ça ! qu'il dit un jour le Père en parlant de Manue.

Le Père cogne mais Marc grandit. Un jour, le Père ne pourra plus. Il le sait et ça n'arrange rien.

Malgré le soleil, il gèle à fendre devant la maison. Le ciel est vide, d'un bleu sec, violent, sans nuage.

La Mère sort sur le devant.

Ses mains sont rongées par le froid, l'eau et le savon.

Les crevasses sont profondes. Elles éclatent au moindre coup. La nuit, elle se met de la crème et puis des gants par-dessus pour que ça ne s'en aille pas sur les draps.

C'est le deuxième Noël.

La Mère n'ose plus parler de Manue pourtant Manue va à l'école. Elle descend toute seule par le chemin, même quand il fait nuit. Elle n'a peur de rien, ni du noir, ni des ombres, ni des loups.

Elle ne parle à personne. Elle ne connaît que Marc.

Quand elle avance, on dirait un Indien en colère. C'est son front, il est bas, et puis ses cheveux qui pendent de côté.

Quand elle regarde, elle fait baisser les yeux.

Elle sait se battre. Le garde ne veut plus la voir sur la décharge mais elle y va quand même. Elle court plus vite que lui. Elle sait aussi grimper dans les arbres et dans les endroits impossibles de la forêt.

Quand il fait beau, elle mange sous le préau sinon elle vient dans la paille avec Marc.

Elle partage toujours ce qu'elle a avec Marc.

Avec Marc seulement.

Le soir, elle remonte et il la raccompagne un bout de chemin. Elle manque souvent l'école à cause du froid et de la neige.

Avec l'hiver, il n'y a plus de fourmis, plus de scarabées, seulement la meute des loups dans la montagne. Les corbeaux sont de plus en plus nombreux à se regrouper dans le grand champ près de la rivière. Ils se perchent sur les arbres. Personne ne peut rien contre eux, pas même les chiens.

Un matin, en allant à l'école, Marc en repère deux perchés tout en haut, sur le toit.

Le Père va chercher son fusil. Il vise et les corbeaux tombent. Le Père les ramasse par une patte et puis il les emmène pour les brûler. Des oiseaux noirs, des oiseaux de malheur ! Certains disent que c'est l'âme des morts et ils pensent tous au dernier pendu.

Quand il est sûr que personne ne le regarde, Marc ramasse une plume et il la met tout au fond de sa poche avec la patte du loup.

Quand il traverse le village, on le regarde passer.

— Tu pourrais sourire un peu !

Parce qu'il est sombre, taciturne. Qu'il marche en traînant des yeux comme s'il cherchait un mauvais coup.

Du reste, des mauvais coups il en cherche et il en fait comme de voler un rôti chez le boucher en profitant qu'il est sur l'arrière à trancher dans le saignant.

Quand il rapporte le paquet, ça fait toute une histoire à la maison et puis la Mère finit par le faire cuire en piquant des bons morceaux d'ail dedans.

Après, la Sociale vient mais pas comme ils l'attendaient. Ils sont trois. Ils donnent du shampooing, des vêtements et un peu d'argent pour la Mère.

Ils regardent l'œil de Simone et ils donnent un produit pour qu'elle le lave plus souvent.

Il faut remplir des papiers. C'est Marc qui écrit dans les cases et la Mère signe en bas.

Quand il voit ça, le Père est furieux. Il déchire ce qu'ils ont fait. La Mère pleure. Elle dit qu'on a besoin de l'aide, qu'on ne pourra pas s'en sortir sans ça.

Le Père, de l'entendre, ça le rend fou, il manque tout casser dans la maison. Après, il sort. Il va se saouler au café.

Marc ramasse les papiers et il les colle pour refaire la page. Il manque deux morceaux. Il les cherche, il ne les trouve pas.

Sûr, quand elle voit ça, la Mère se dit qu'il faudrait un miracle pour qu'ils s'en sortent.

Debout derrière la fenêtre, Manue écoute les cloches qui sonnent au village du Bas.

A huit heures le matin, elle est à la route à guetter l'estafette.

Au village des Cimes, l'hiver arrive encore plus tôt. Avec le froid, la neige devient tellement épaisse qu'on peut à peine sortir.

Le givre colle à la fenêtre. Le grand-père gratte avec son ongle, il voit un peu de la cour, du jardin, il voit le tas de bois sous la remise et Manue quand elle marche sur le chemin.

A midi, l'estafette arrive. La Mère a des cadeaux pour tout le monde et elle donne les paquets.

Le Père ne parle plus de faire venir vivre Manue avec eux.

Après le gâteau, Manue, Simone et Marc vont jouer dans la maison d'avant. Elle est pleine de poussière et de nids à rats. C'est devenu comme une grande cabane avec la réserve de blé à l'entrée et les oignons qui pendent.

Marc regarde Manue et il baisse les yeux.

Quand il repart, il laisse un sac de friandises et les boules en chocolat.

Après, les jours d'hiver sont terribles. Des semaines durant à -15 °C et le soleil qui ne se montre pas. Pour s'occuper des bêtes, M'mé Coche passe par la porte intérieure.

Marc ne peut plus monter. C'est à cause du vent, il souffle et il soulève la neige. Il n'y voit plus rien pour avancer. Même la décharge, ça devient impossible.

La nuit, Manue va dormir avec les bêtes. C'est comme ça qu'elle attrape des poux. M'mé Coche a la journée pour les lui enlever. Elle fait ça devant la cheminée.

Elle les jette dans le feu d'un coup d'ongle. Ça grésille un moment et puis plus rien, juste une odeur, comme du cheveu brûlé.

Quand elle en a fini avec Manue, elle passe au chien.

M'mé Coche grossit du bassin. Elle ne mange pourtant rien, ou à peine, mais c'est tout son dedans de ventre qui s'amollit et se gonfle, finit par se répandre. M'mé Coche a la graisse molle. Quand le docteur vient, il lui sent la bouche et il dit qu'il faudrait bien aller regarder de plus près dans les intestins, qu'il doit y en avoir un bon bout à enlever.

Elle, elle veut qu'on ne touche à rien.

C'est comme pour le pain, elle sait que les souris viennent.

— De toute façon, tu en tues une, y en revient dix pour l'enterrement !

Ça fait rire Manue.

— Un jour, j'en aurai marre, j'enfermerai le chat dans le placard.

Ce n'est pas pour aujourd'hui et puis le chat, il faut l'attraper, ce n'est pas un docile, il a eu une enfance difficile et personne pour le caresser.

Manue ne va plus à l'école à cause de la neige et du grand froid. On ne peut rien contre ça. Il faut attendre le printemps. Le soir, à table, M'mé Coche lui apprend à faire ses majuscules sur un cahier à lignes. L'épicier ne passe plus, il n'y a plus de courrier, plus de journal. Même la route en goudron est bloquée. Il faut attendre.

Le grand-père, on ne sait plus ce qu'il attend. Avant, quand il grattait les peaux de lapin, ça l'occupait la journée. Il les lavait et quand elles étaient propres, il les mettait à sécher sur une claie au grenier ou alors au grand soleil.

Quand elles étaient sèches, il les brossait pour rendre le brillant et il les vendait, ça lui faisait de l'argent pour son tabac.

Maintenant, il lave mal, sans envie. Pour ce qui est de sécher, il jette les peaux devant la cheminée. Elles prennent l'odeur du bois, du roussi.

M'mé Coche coud les peaux par quatre, elle fait des petites poches qu'elle met sous la table. Le soir, on attrape une poche et on se glisse les pieds dedans. C'est chaud, c'est doux, il faut empêcher le chien d'y aller. Il y va quand même. A force, il y en a un beau tas mais les dernières sont mal raclées et ça fait sentir.

Il faudrait en jeter mais M'mé Coche ne jette rien.

Elle dit on verra au printemps, pour le grand ménage.

Dehors, tout est blanc. Même la montagne, on ne la voit plus. M'mé Coche colle encore des journaux contre les fenêtres et ça bloque la lumière.

Maintenant, quand elle sort, Manue a mal aux yeux.

Elle pense à Marc. Parfois, elle marche jusqu'au chemin. Elle l'attend même si elle sait qu'il ne viendra pas, qu'il ne peut pas passer dans toute cette épaisseur de neige. Les arbres sont lourds, ils cassent par branches entières. Manue pense à Marc mais ça ne change rien. Le chemin est vide. Elle reste dehors jusqu'à avoir mal aux yeux.

Quand elle rentre, elle se colle au poêle pour faire revenir sa chaleur.

Avec l'hiver, le grand-père a des croûtes aux bras et aux cuisses, s'il se gratte, ça saigne alors c'est la nappe qu'il gratte pour s'occuper les mains. Il le fait du bout des doigts ou avec sa canne, il pousse dans les trous. Ça lui prend du temps et puis ça laisse des traces.

M'mé Coche gueule :

— Fais quelque chose ! qu'elle dit. Occupe-toi, tu ne vas pas rester comme ça toute la sainte journée !

Le chocolat bon marché, ça donne des renvois, on en a pour des semaines après les fêtes pour s'en laver l'estomac.

Il a une gamelle à côté de lui. Quand il rate la gamelle, il jette de la sciure dessus et ça fait des petits tas tout autour de son fauteuil.

Même à rien faire, le temps passe quand même.

Il y a la cheminée, le feu crevé, juste les braises. Il suffirait d'ajouter un peu de petit bois, de prendre dans le fagot, pas besoin de sortir. Même ça, il ne veut pas. Il n'a plus d'envies.

Il ne se lave pas. A peine. Pour les mains, il les trempe un peu dans l'eau et il les essuie au torchon.

Manue ne l'intéresse pas. Pour lui, elle est comme un chien, toujours roulée dans les peaux, sous la table.

— Une bâtarde, une née de n'importe quoi !

Quand il a besoin d'elle, il la bourre du pied, l'oblige à sortir.

La terrible nuit de l'hiver entre en lui. Elle le rend sauvage. C'est tout le malheur des gens des Cimes.

Ici, on devient méchant à force d'ennui.

Et puis, un jour, il se met à parler tout seul. Ça commence par des phrases, on l'entend qui grommelle un peu dans son fauteuil et puis ça s'arrête, ça reprend.

— A qui tu parles ? qu'elle lui demande M'mé Coche.

— A Raymond, il répond.

— Raymond ? Il est mort depuis longtemps !

Le grand-père hausse les épaules.

Après, il se la joue complice comme si M'mé Coche ne pouvait pas comprendre.

Un jour, Manue le trouve à quatre pattes, la tête sous le lit. Il cherche son cartable pour aller à l'école. Il dit que s'il ne le trouve pas, il sera en retard et que la maîtresse le grondera. Manue éclate de rire. Elle croit que c'est un jeu et elle cherche avec lui.

Après il se met à voir du monde autour de la table. Il sort les verres, le vin. Dans sa bouche, ses dents sont jaunes, toutes pourries. Ça ne l'empêche pas de se rejouer sa guerre comme à vingt ans.

Dans les ombres, il revoit ses copains de régiment. M'mé Coche le laisse faire, elle ne lui dit même pas qu'ils sont tous morts, qu'il ne reste que lui. Ça servirait à quoi ?

Ça fait gueuler le chien toute cette agitation autour des chaises vides.

Le docteur finit par venir. Il reste un moment à écouter M'mé Coche et à regarder le grand-père. A la fin, il parle de l'envoyer chez les fous, à cinquante kilomètres de là.

— Et vos enfants, vous vous souvenez de vos enfants ?

Le grand-père ne répond pas. Il suce son chicot en riant. Ce n'est plus le grand-père d'avant. Toutes ces visites, ça le rend gai.

Pour ce qui est d'aller chez les fous, M'mé Coche met le docteur dehors.

Maintenant, elle protège le grand-père pour tout, sauf quand il parle d'amour avec Eloïse.

Eloïse, c'est la première grand-mère, elle est morte mais le grand-père l'aime encore comme une reine.

M'mé Coche sait et elle ne peut rien contre ça, c'est pour ça qu'elle sort, pour ne pas entendre toutes les belles choses qu'il lui dit.

Un matin le grand-père arrête de parler. Deux jours entiers de silence à sucer ses pastilles dans son fauteuil, sans manger ni boire.

Le troisième jour, il enlève les barres et il sort.

Il est à la table et d'un coup il est aux barres.

Dehors, il y a le froid, le grand gel du matin. Tout est figé dans la glace, les montagnes tout autour sont recouvertes de neige en bonne épaisseur.

Le grand-père reste bloqué sur le perron. C'est le froid, il faut que le sang s'habitue. Il attrape la rampe de fer et il descend une marche et puis une autre. Les marches glissent. Il n'a pas de gants. Ses bretelles tirent haut sur son ventre. Il avance d'un pas tremblant. Ses chaussures sont mal attachées, les lacets traînent dans la neige. Arrivé au milieu de la cour, il s'arrête, regarde autour de lui, la ferme, l'écurie et les montagnes tout autour.

Le vent siffle, c'est un vent de cimes. Il cogne contre la maison et puis contre le grand-père debout dans la cour. Il fait tourner la neige, la ramène en congères le long des murs.

Si le vent s'arrête, le brouillard va tomber, on ne verra pas à dix mètres.

Le grand-père marche jusqu'au portail, il se cale un moment contre la grille pour ne pas tomber.

Après, il part sur le chemin en longeant le mur de pierres.

Dans ses poumons, l'air a du mal à entrer. Au lavoir, il s'arrête pour respirer. Le vent ramène de la neige sur ses chaussures, sur le devant de ses chevilles. Elle se gèle en croûte sur le velours du pantalon.

Il ne sent rien du froid ni de la sueur qui lui coule dans le cou. Il marche, tout le haut de son corps penché, prêt à tomber. Arrivé sur le parvis, il contourne l'église, prend le chemin qui mène au cimetière. Là, le vent le prend de face, l'empêche d'aller plus avant. Il finit par atteindre la grille et par s'y accrocher. L'endroit est désert, silencieux. Le grand-père avance dans l'épais de la neige. Il arrache le poids, pousse sur quelques mètres encore, rejoint l'allée de gravier. Les jambes, gagnées par la fatigue, se mettent à trembler.

Bientôt, des larmes coulent le long de ses joues, inondent son visage de vieux.

Il marche pour Eloïse, pour la rejoindre. Un sanglot s'échappe de sa gorge. Il ferme les yeux, s'appuie à la croix. Le silence monté de terre l'envahit tout entier.

Quand il rouvre les yeux, il n'y a plus de village, plus de froid. Juste le rire d'Eloïse. Eloïse, la belle, la douce, la première épousée... Il tend la main vers la pierre et sous ses doigts c'est comme s'il retrouvait la peau d'Eloïse, cette douceur d'amour qui le rendait vivant. Un sourire éclate sur son visage.

Il n'y a plus de neige, plus de solitude, simplement cette grande lumière qui lui vient du dedans et qui le rend subitement si heureux. Il tombe à genoux. Déjà il ne respire plus mais qu'importe ! Les yeux grands ouverts, il regarde Eloïse, Eloïse qui s'avance, souriante, alors il regroupe ses dernières forces de vie dans un geste de main, et il bascule de tout son long, le visage tourné vers le ciel.

Quand M'mé Coche revient de l'écurie, elle voit tout de suite que le vieux n'est pas dans son fauteuil.

— Où il est ?

Manue montre la porte, les barres. M'mé Coche hausse les épaules. Elle s'enferme sous la soupente, présure le lait, sale les fromages. Quand elle revient, elle dit :

— Je vais le chercher. Avec le brouillard, il est capable de tourner et de ne plus pouvoir rentrer. On en a vu d'autres ! Toi, tu restes là, il fait trop froid. Mets à chauffer du vin pour quand on va revenir.

Manue verse du vin dans une casserole, pose la casserole sur le feu. Dehors, le brouillard est en train de tomber.

Avec ce temps, le grand-père ne peut pas rester dehors longtemps. M'mé Coche non plus. Ils sont trop vieux, ils n'ont plus assez de vie autour des os pour tenir contre ce froid.

Manue reste un moment derrière la fenêtre. Quand elle ne voit plus M'mé Coche, elle sort à son tour.

Elle trouve les traces dans la neige. Elle appelle et puis elle sort sur le chemin, remonte en suivant les traces jusqu'à la grille. Il n'y a qu'à suivre, mettre les pas dans les pas des vieux et continuer. La neige est profonde, elle passe par-dessus ses bottes, fond à la chaleur des pieds.

Tout de suite, elle voit, le vieux couché au milieu de l'allée, couché comme s'il écoutait parler le dedans de la terre. M'mé Coche est à côté de lui, immobile.

La neige est noire sous la tête du vieux.

Manue se baisse. De la main, elle enlève la neige, elle dégage la tête et le haut des épaules, le cou. Du grand-père, elle voit les dents et puis le filet blanc sous les yeux.

Pour le grand-père, il n'y a plus rien à faire. Ça s'est fini dehors, en plein air, tué par le froid, par le silence d'hiver.

Abattu comme un arbre sur la tombe d'Eloïse.

M'mé Coche ne pleure pas.

— Vieux fou ! elle dit. Tu avais besoin de faire ça, user tes dernières forces pour venir te finir ici ?

Elle arrache Manue à la neige.

— Et toi, petite malheureuse, tu veux donc mourir aussi ?

Manue claque des dents. Elle se laisse emporter, déshabiller devant la cheminée. M'mé Coche lui glisse une cuillerée de vin sucré entre les dents et puis une autre, jusqu'à ce qu'elle avale et puis qu'elle crache et finisse par respirer. Après, elle lui frotte le sang avec un torchon râpeux.

— Il aurait pu mourir comme tout le monde, dans son lit ! Aller mourir là-bas, pauvre fou !

M'mé Coche attrape la casserole, fait chauffer le vin. Quand il est bien chaud, elle le verse dans un verre, elle met deux sucres pour adoucir et faire de l'épais à manger à la cuillère.

— Avale !

Manue boit le vin. Quand elle a fini, M'mé Coche boit aussi et puis elle sort chercher les voisins. Rien que des vieux. Ils restent un moment à regarder le corps sur le gravier, au milieu des croix.

— On va le mettre sur une échelle et on tirera, c'est encore ce qu'il y a de mieux.

— Pour le trou, il aurait fallu prévoir, maintenant la terre est gelée, on ne pourra pas creuser. Il faut attendre le printemps.

De loin, dans le brouillard, c'est des ombres de vieux qui tirent un autre vieux. Le corps est lourd. Ils le tirent par les épaules en laissant traîner les pieds.

Dans la cave, ils enlèvent les cageots, ils nettoient un peu autour et puis ils mettent les tonneaux avec une planche dessus. Ils s'y mettent à tous pour monter le grand-père sur la planche. Quand il est bien calé, ils l'arrangent un peu et puis quelqu'un dit :

— Il a perdu une chaussure.

M'mé Coche hausse les épaules. Elle ferme la porte au cadenas et ils remontent tous boire le vin dans la cuisine.

Le lendemain, les femmes viennent laver le grand-père.

Elles le rasent et elles lui peignent les cheveux.

Dans la cave, ça sent l'humide de la patate germée, et puis une autre odeur comme celle d'un cageot de pommes qu'on aurait oubliées et qui seraient devenues acides.

Quelqu'un dit :

— On va l'enterrer avec son costume, sa veste aux boutons dorés.

On essaie de lui mettre son chapeau mais il ne tient pas. On finit par le poser à côté, sur un tonneau. Après, on allume les bougies. Pendant tout ce temps, M'mé Coche reste à prier sur une caisse.

Quelqu'un envoie Manue chercher le livre des messes dans le tiroir de la grande armoire.

Quand elle revient, les bougies sont allumées. Les flammes courent sur la voûte de pierres, au-dessus des têtes. A cause du froid, il n'y a pas de veillée, juste la grande prière de M'mé Coche et la cérémonie des adieux. Pendant tout le temps de la prière, les femmes gardent un tissu noir sur la tête, on ne voit rien de leurs yeux.

Elles prient longtemps, à genoux et puis debout. Elles prient pour l'âme de grand-père, pour sa résurrection au jugement dernier.

A la fin, elles disent la prière spéciale, celle qu'on dit pour les morts qu'on ne peut pas enterrer. Ces morts-là sont les pires, ils portent malheur c'est pour ça qu'il y a une prière pour eux.

Après, ils font tous le tour du grand-père et ils se penchent sur lui pour l'embrasser.

Quelqu'un dit : C'était un brave homme quand même. Pourquoi quand même ? A cause qu'il est allé mourir sur Eloïse, il aurait pu éviter. S'en aller comme ça, c'est bien malheureux. Ça donnera à parler pour tout le reste de l'hiver.

— Allez, Manue, viens dire adieu à ton grand-père.

Manue reste collée contre le tonneau.

La main de M'mé Coche appuie sur sa nuque, la pousse en avant.

— Allez, dépêche-toi !

Du coup, plus personne ne parle. On la regarde. Le froid lui remonte dans les jambes. Ils attendent pour pouvoir rentrer chez eux, aller se coucher, retrouver la vie chaude d'entre les draps.

La bouche du grand-père est ouverte, elle laisse échapper toutes les odeurs de son dedans. D'un coup Manue comprend, c'est ça l'odeur des pommes.

Ses lèvres le touchent, à peine, juste de quoi la dégoûter.

Elle sort en courant, va cracher et puis se rincer la bouche dans la neige.

Après, tout le monde s'en va. M'mé Coche remonte le drap, elle sort la dernière. Elle garde la clé tout au fond de sa poche, sous un mouchoir.

Maintenant, c'est une veuve.

Ça lui a fait mal à M'mé Coche que le grand-père soit allé se finir sur la tombe d'Eloïse, alors d'un coup, d'avoir si mal, elle en devient vieille. Elle devient douce aussi.

Ses seins se font lourds sous sa blouse à fleurs. Manue pose sa tête entre. Dans le corsage, ça sent la chaleur forte des fins d'hiver, tout le renfermé des vieux.

Des heures qu'elles sont comme ça, l'une contre l'autre, à se respirer dans le silence.

Au bout d'un moment, M'mé Coche dit :

— Je ne vais pas pouvoir te garder Manue. Ici, ce n'est pas une vie. Tu vois bien, on meurt comme des chiens ! Et puis si t'attends qu'ils viennent te chercher…

Le fauteuil du grand-père est vide, même le chien n'ose pas grimper dessus. Les pantoufles sont restées près de la cheminée, avec la gamelle et le tas de sciure.

— On va où quand on est mort ?

Les doigts de M'mé Coche démêlent les cheveux de Manue…

— Loin, on va très loin...

— J'étais là quand il a enlevé les barres.

— C'était son heure. Il voulait partir… Tu n'y pouvais rien.

Il fait presque nuit dans la cuisine. Le feu crépite, éclaire les murs et le visage de M'mé Coche.

Après un long moment de silence, elle dit :

— J'ai quelque chose pour toi.

Elle se redresse, sort de la maison. Elle traverse la cour, marche jusqu'à la maison d'avant, défait le crochet pour pouvoir entrer.

A l'intérieur, il n'y a plus de vie. Tout est sale, abandonné. L'humidité est partout, elle remonte du sol, imprègne le plancher, la charpente. Au dégel, l'eau coule le long des murs, ça fait des flaques dans la cuisine.

M'mé Coche s'approche du grand placard. Elle ouvre le tiroir, cherche tout au fond et elle fourre ce qu'elle trouve dans sa poche.

Elle sort, referme la porte derrière elle. Dans la cuisine, Manue n'a pas bougé.

— Tiens, c'est à toi.

Manue regarde sans comprendre.

— C'est un collier, tu l'avais en arrivant.

Manue regarde le collier et puis les yeux de M'mé Coche.

— En arrivant ?

— Quand ta mère t'a apportée ici, chez nous… Ta vraie mère, tu comprends ?

Non, Manue ne comprend pas. M'mé Coche fait le tour de la table, vient s'asseoir tout près d'elle.

— C'est ton père qui devrait te dire tout ça mais si on attend de lui qu'il parle…

D'un geste, elle fait voir que l'on peut attendre longtemps.

— C'était pas une mauvaise fille ta mère, seulement le jour où elle a rencontré ton père, la vie ne lui a pas fait un cadeau. Heureusement, tu es là… Elle s'appelait Mado.

Manue ne répond rien. Elle regarde tour à tour le collier et le visage de M'mé Coche, toute cette peau molle qui lui pend sous les yeux. Elle entend les mots, la voix de M'mé Coche qui parle de Mado, de la flopée de frères et du manque d'argent. Elle entend parler du chemin par lequel sa mère est partie.

— Ce collier était avec toi, dans ta couverture.

M'mé Coche pousse le collier sur la table, jusqu'au-devant de Manue.

Manue retire ses mains pour ne pas avoir à le toucher.

— Pourquoi elle ne vient jamais me voir ?

— Sa mère les a emmenés, elle et ses frères, personne ne sait où ils sont.

M'mé Coche n'a pas les mots pour expliquer tout ça. Elle pousse encore un peu le collier jusqu'à toucher la peau de Manue. D'un geste brusque, Manue se recule.

— Et mon cordon de vie, elle en a fait quoi ?

M'mé Coche baisse les yeux sur ses mains.

— Je ne sais pas.

C'est un murmure.

Manue reste un long moment silencieuse et puis elle se redresse, attrape les mains de M'mé Coche.

— Je ne veux pas partir. Je vais rester vivre avec toi. Pour l'école, je continuerai à faire le chemin.

— Non, Manue… Ce ne serait pas bon pour toi, il faut comprendre… L'école, il le faut, c'est important, apprendre… Et puis tu reviendras, ce n'est pas si loin…

— Si, c'est loin ! Et puis c'est haut, il y aura de la neige.

— Tu as besoin d'une famille, Manue, et moi je suis une vieille.

— Alors tu viens vivre en Bas avec nous.

M'mé Coche se met à rire.

— Moi ? J'ai besoin de calme maintenant. Et puis il faut que j'enterre le grand-père. Qu'est-ce qu'il va dire si je le laisse comme ça, dans la cave, sans visite ? Tu y penses un peu ?

Dans la cour, la grille du portail se met à grincer. M'mé Coche se penche, tire le rideau et regarde dehors.

— C'est le Jeambar ! Qu'est-ce qu'il peut bien vouloir à c't' heure ?

Des coups sont frappés à la porte.

— Entre Jeambar !

L'homme entre. Il est vieux, avec de lourdes moustaches qui lui pendent autour de la bouche et de tout petits yeux bleus à peine ouverts. Il tient un carton ficelé sous le bras. On entend bouger à l'intérieur.

— Qu'est-ce que tu nous amènes là ?

— Un chat ! qu'il dit. Un bon ratier, il fera l'affaire.

M'mé Coche secoue la tête d'un air entendu, elle prend sa clé et elle descend dans la cave. Dès qu'elle ouvre le carton, le chat se met à feuler et il file se cacher sous les tonneaux.

M'mé Coche s'approche du grand-père, le touche du doigt au visage.

— Avec ce froid, il ne bouge pas.

Elle lui arrange un peu ses boutons, elle lui remet la couverture dessus pour que la poussière ne salisse pas son costume et elle referme la porte derrière elle.

M'mé Coche marche en tenant la main de Manue. Un bout de chemin, pas plus, avec sa jambe, elle ne peut pas aller très loin. Et puis marcher, ça la fait transpirer du cou, elle doit s'arrêter tous les dix mètres pour s'essuyer sinon la sueur gèle et c'est comme ça qu'on attrape la mort.

Elle porte des bas à varices. Quand elle les enlève, les veines roulent sous ses doigts. Elles sont noires, bleues. Le docteur dit qu'il faudrait opérer, qu'un jour elles éclateront. Le docteur ne sait pas ce qu'il dit. Parfois, les veines saignent, il suffit que la jambe cogne un peu.

M'mé Coche s'arrête à la cime du chemin, près de l'ancien lavoir.

— Vas-y maintenant, file toute seule. Je reste là.

Manue porte un sac avec ses affaires dedans. Le sac est lourd, elle doit souvent changer de main. Il lui bat les mollets à chaque pas.

— Va je te dis ! Je vais rester là tant que tu ne seras pas arrivée.

— Comment tu sauras ?

— Je saurai.

— Et si tu tombes ? Si tu ne peux pas marcher ?

— Ne te fais pas de soucis pour moi, j'ai ma canne ! Allez, et ne traîne pas en chemin.

Manue commence à descendre, arrivée près de l'ancien lavoir, elle s'arrête, se retourne. Tout en haut, M'mé Coche n'a pas bougé, elle s'est juste calée contre la pierre.

Elle fait un signe avec la main.

Le chemin s'enfonce en descendant dans le bois et puis il tourne, se perd entre les ronces et les rochers.

Très vite, on ne voit plus rien du village, quelques toits à peine, une cheminée. Il suffirait de remettre les pieds dans les traces pour retrouver l'odeur de M'mé Coche, le placard, le chien.

Si elle remonte, M'mé Coche ne la chassera pas. Elle lui prendra la main et elles rentreront ensemble.

Manue hésite, elle regarde devant elle, la descente dans le bois et puis les grands arbres tout au-dessus de sa tête. Il y a des ombres, et derrière les ombres il y a d'autres ombres plus menaçantes encore. C'est là qu'il faut aller. Soudain, elle pense à Marc, à son visage, son sourire. Elle reprend son sac, se met à marcher vite, de plus en plus vite et puis à dévaler la pente en courant. Ses jambes s'enfoncent dans la neige, dans les herbes gelées.

Avec la neige, elle ne voit plus rien du chemin ni des limites. Tout est noyé sous l'épaisseur. Ses jambes sont petites, elles se griffent aux chardons d'hiver. Les ronces traversent son bas et déchirent les mailles.

Elle ne sent rien, elle court. Quand elle aperçoit le toit des premières maisons, elle enjambe le fossé et elle quitte brusquement le sentier.

Rejoint la route.

Tout en haut, M'mé Coche entre dans la cuisine. Elle regarde autour d'elle, la pendule, le silence, elle s'avance, se penche un peu pour regarder par la fenêtre. La boîte à pastilles est sur le rebord avec le tabac, les dernières papillotes.

Du bout de la canne elle pousse la gamelle, les pantoufles. Elle hésite un peu et puis elle étend sa jambe malade et elle s'assoit dans le fauteuil.

Un instant, elle ferme les yeux. Elle ne dort pas. Elle ne dormira plus de longtemps.

Dans la cave au-dessous, le vieux est mort. Elle voudrait lui en vouloir d'être mort comme ça mais elle n'y arrive pas. Quand elle sera moins fatiguée, elle se lèvera et elle ira prier.

Elle priera comme ça, des nuits et des nuits pour son vieux en attente du dégel.

Quand elle ouvre les yeux, la nuit n'est pas encore tombée. Il faut attendre. Le chien la regarde. Elle soupire, tend sa main vers la tête du chien, le caresse un peu, et puis elle attrape la boîte de pastilles. Elle ouvre la boîte. Il en reste une vingtaine, toutes parfaitement rangées.

Elle en attrape une, la garde un moment serrée entre ses doigts. Dans la lumière, la pastille est rouge, presque noire. M'mé Coche hésite un peu et elle se la glisse sous la langue.

La neige a fait disparaître le chemin. Elle recouvre les prés, toute la haie de buissons sous les mûriers. Près de la Volane, le chantier du pont est bloqué. Manue remonte l'allée, longe les ruines du moulin, les premières maisons.

Dès qu'elle voit la scierie, elle s'arrête de courir.

Près des hangars, des hommes transportent des planches. Ils ont les pieds dans la neige. A l'abri d'un auvent, des enfants jouent dans des tonneaux. Derrière eux, les machines attrapent les planches et les fendent par le milieu. La poussière vole. Les enfants continuent de jouer. Dans tout ce vacarme, personne ne parle. Juste le bruit des scies et du bois qui se fend. Personne ne fait attention à Manue. L'air sent le copeau, la sciure et puis la sueur des hommes.

Sur la place, l'eau de la fontaine a gelé. Des poissons sont pris à l'intérieur, ils ont la bouche ouverte, le ventre blanc. Elle se penche, bave un peu dessus pour faire fondre la glace et puis elle étale la salive avec son doigt.

Après, elle passe devant l'école. Maintenant, elle va y aller tous les jours, le Père ne pourra rien empêcher.

Quand il a bu, le Père s'en prend à la vache. Ce n'est pas la première fois. Il cogne sur le dos, sur le ventre, et comme si ça ne suffisait pas, il cogne au cou et à la gueule.

Même la Mère ne peut rien contre ça.

Un jour il va la crever et ça ne surprendra personne. Quand il sort de l'écurie, le Père est à moitié abruti. On dirait qu'il saigne des yeux. C'est la haine qui fait ça, les vaisseaux se dilatent et ils éclatent sous la colère.

Il s'appuie au mur pour reprendre son souffle. Quand il ouvre les yeux, il voit Marc.

— Fous le camp de là ! qu'il crie en se redressant.

Marc ne bouge pas.

— Fous le camp je te dis !

Le Père brandit son bâton mais Marc ne recule pas. Il y a de la haine entre eux, une haine froide, obstinée.

— Je vais t'apprendre la vie, moi !

Le père brandit encore son bâton et puis il le laisse retomber.

Il finit par s'en aller en titubant.

A l'intérieur, la vache tremble. Une écume blanche coule en longs fils de sa gueule ouverte.

Marc ramasse de la paille et il commence à l'essuyer. L'odeur est écœurante, elle prend à la gorge. Il frotte d'avant en arrière, du mieux qu'il peut, il réchauffe la peau et puis il réchauffe le sang. La vache garde la tête basse. Sous la violence des coups, l'œil gauche a éclaté.

Quand il voit ça, Marc enlève sa chemise. Il va au robinet, fait couler un peu d'eau dessus et il revient nettoyer les poils, le contour de l'œil. Il fait ça lentement en même temps qu'il pleure, des sanglots violents qui s'échappent de son ventre viennent mourir dans le cou de la bête.

Quand il a fini, il prend un seau, il mélange de la farine avec de l'eau. Il pose le seau sous le museau de la vache.

La vache ne mange pas. Des frissons remontent de ses pattes, parcourent tout son ventre.

Marc a des poils collés aux mains, au front. Il a l'odeur. Il frotte encore. De ses mains, il prend la sueur, la peur, la souffrance. Il prend, avec sa bouche ouverte. Au bout d'un moment, la vache plie les genoux, elle se couche, les pattes de devant et tout le reste du corps qui suit, le ventre, lourd, gonflé, encore palpitant, et puis la tête qui pend.

Sur le côté, l'œil continue de se vider en laissant une trace brune dans les poils.

— Belle, belle…

Il répète en fixant le mur en face de lui. De sa main libre, il touche la patte du loup.

— Belle… Je suis là, tu ne crains plus rien.

Il serre la patte dans sa main. La violence pénètre en lui, lentement, il la sent qui remue, prend place au plus chaud de sa vie et, à son tour, il se met à trembler.

C'est la violence du loup. La violence des meutes. Lentement, il s'allonge tout contre la vache, approche son visage du sien.

Il commence à lécher, les larmes, le sel et puis le liquide qui coule de l'œil, et quand tout le tour est propre, il lèche sur l'œil, à l'endroit de la blessure, là où le liquide emporte la vie de l'œil.

Quand il a fini, il essuie sa langue sur la chemise, crache les poils.

C'est après qu'il voit Manue, dans l'encadrement de la porte, Manue, avec son sac et ses cheveux tout emmêlés.

C'est comme un rêve.

— Manue ? il dit.

Il se relève, marche vers elle, il tend la main pour la toucher et quand il comprend que c'est bien elle, qu'elle est devant lui, il la prend dans ses bras, la serre à l'étouffer.

Maintenant, dans la chambre, il y a Manue.

Dès que Marc se lève, Manue sort ses jambes du lit et elle le suit. Ils sont partout ensemble, à courir sur les chemins ou à traquer les chauves-souris qui vivent dans le fenil. Ils montent par l'échelle de bois. Les chauves-souris sont accrochées par dizaines, la tête en bas. Un jour, ils trouvent une pipistrelle crevée. Marc la cloue contre une planche qu'il garde près de son matelas. Ça finit par attirer la vermine.

Pour le gouffre, le Père s'habitue, il dit que la lumière ne lui manque pas. A force, il prend la couleur des murs, il devient gris, gris terre, gris nuit.

Les gens qui descendent visiter le gouffre ne parlent jamais au Père et le Père ne parle jamais à personne, même quand l'ascenseur est plein.

Tout au fond, il y a une rivière. Personne ne sait d'où elle vient. Sous la voûte, ça fait un lac. Des escaliers en fer sont accrochés aux parois. L'eau suinte de la roche, tombe en pluie au plus haut de la voûte. Elle ruisselle sur le sol, disparaît dans les crevasses et puis revient un peu plus loin et rejoint les eaux du lac.

Il y a des endroits où on peut s'asseoir et écouter l'eau couler.

On peut visiter le gouffre et faire le tour du lac. On peut aussi se promener sur le lac avec des barques.

Parfois, le dimanche, le Père emmène Marc au gouffre. La plupart des galeries sont fermées par des grillages mais il y a des passages secrets. A force, il les connaît.

Au fond des galeries, il fait sombre.

Un jour, il trouve le passage pour monter au Grand Rocher.

C'est un passage très étroit, sans lumière. Il faut s'engager voûté et puis rapidement se mettre à genoux. Bientôt, le passage devient si étroit qu'il doit s'allonger, se tirer avec la force des bras. Quand il fait ça pour la première fois, il a peur, il sent la roche dans son dos.

Après, il voit la lumière et il entend le bruit de l'eau qui tombe de la cascade. Après encore, il sent l'air qui revient et il sait qu'il va vivre.

Tout en haut, c'est la plate-forme de roche. Elle domine tout le lac.

Il peut rester des heures là-haut, le dos calé contre la paroi.

A midi, il rejoint le Père. Ils mangent sur le banc à côté de l'ascenseur, une serviette sur les genoux. Le plus souvent, c'est du pâté épais avec des cornichons que la Mère prépare l'été.

De tout le temps qu'il mange, le Père ne parle pas. Quand il a fini, il ramasse les miettes, il les met dans son sac et il s'en va pisser contre la roche. C'est une pisse jaune, puante, qui se mêle aux eaux de roche et puis aux eaux bleues du lac.

Marc aime les amoureux. Quand il en trouve, il ne les lâche pas. Les vrais amoureux se reconnaissent. Ils sentent la transpiration sucrée.

Il monte avec eux dans les barques, il se colle au plus près. Les filles ont des jupes, dessous il y a des cuisses. Les garçons les embrassent, ils ne font pas attention à lui. Parfois, ils restent sous les escaliers à se tripoter. Marc s'approche, il fait semblant de regarder le lac.

Les filles des barques ont des dessous de cou très doux et des yeux comme des lumières. Quand les garçons les embrassent, elles sentent plus fort. Marc aime cette odeur. Quand elles s'assoient dans les barques, il se met derrière et il les renifle. Il s'approche jusqu'à toucher leurs cheveux. Les filles ne se fâchent pas, elles le regardent en riant et elles deviennent encore plus belles.

Quand elles descendent de la barque, elles laissent sur le bois leurs odeurs de jupes. Quand il n'y a plus personne, Marc va sentir là où elles se sont assises.

Il finit par attraper mal à la tête.

Le reste du temps, il marche du côté des câbles. Il récupère des boulons, des vis, il les range dans des boîtes derrière son matelas.

Il peut se promener des heures seul, sous la terre, ou alors rester à rêver les pieds dans les flaques de boue chaude.

Tout au bout des boyaux, il y a les canalisations, l'eau qui coule dedans est bouillante, il se couche dessus pour se réchauffer le ventre. Il s'endort en pensant aux filles des barques et à leur dedans de peau.

Il pense à Manue aussi. Il dit qu'un jour il sera riche, qu'il l'emmènera dans un château pour en faire une reine.

Quand il lui raconte le gouffre, elle dit :

— Tu m'emmèneras ?

Le Père ne veut pas de Manue au gouffre mais Marc promet.

— On trouvera une solution.

Le responsable du gouffre s'appelle Puig.

C'est un homme suant, avec des sourcils épais qui lui barrent le visage. Le matin, il traverse le village le coude à la portière et il se gare près des platanes, une place réservée.

Il connaît bien le Père. Ils étaient à l'école ensemble, ça laisse des traces.

Depuis quelque temps, il fait des histoires parce que le Père mange sur le banc. Qu'il apporte sa Thermos.

— Il y a une cantine, un endroit propre, au chaud ! qu'il dit Puig. Tout le monde mange là-haut, il n'y a que toi qui fais comme ça.

Se mêler, le Père ne veut pas. Il le dit. Il dit aussi qu'il fait bien son travail, qu'on ne peut rien contre lui.

— Pour la cantine, on en reparlera, mais pour ton gamin, il est trop grand, j'ai eu des réflexions, il paraît qu'il tourne autour des filles alors c'est terminé, je ne veux plus le voir traîner par ici.

Le Père ne reparle pas de l'affaire, mais le dimanche suivant il voit revenir Puig, dans son beau costume du dimanche, le pli bien fait de quelqu'un qui va manger en famille.

— Je t'avais dit que je ne voulais plus de lui ici ! J'ai pas été clair ?

Le Père prend Puig dans l'ascenseur et il referme la porte derrière lui. C'est à cause des fuites, le Père sait qu'il y en a et qu'aux prochaines crues tout peut être emporté.

Ça ne dure pas longtemps mais après, Puig ne revient plus et le Père ne change rien à ses habitudes.

M'mé Coche s'habitue au silence. Il arrive que le silence l'empêche de dormir, la tienne jusqu'au matin les yeux grands ouverts. Elle pense à la mort et ça lui fait gonfler les jambes. Après, elle reste des jours sans pouvoir marcher.

Quand elle veut parler, elle prend la clé et elle descend dans la cave. Ça lui prend un temps infini.

Le grand-père ne sent pas, mais au dégel il faudra faire vite sinon ça deviendra vite terrible.

D'être enfermé là, le chat est devenu fou. Il tourne sur lui-même comme s'il avait le diable derrière lui. Quand il n'en peut plus de tourner, il se cache sous les tonneaux. La nuit, il ne dort pas, il saute sur le ventre du grand-père et il feule à la lune.

Les rats reviennent. Ils ont fait des trous dans le chapeau du vieux et dans le bas de son pantalon.

Un jour, M'mé Coche laisse la porte grande ouverte. Le chat ne sort pas. Il avance sa patte pour la mettre un peu dans la lumière et il regarde dehors comme si c'était un lac.

On enterre le grand-père en mars à cause d'un coup de redoux qui tombe sans qu'on l'ait prévu.

La neige a fondu. La route est dégagée. Les cantonniers montent préparer le trou. Le Père suit avec la famille serrée dans l'estafette.

Les chiens n'aiment pas la mort, ça les fait gueuler.

On entend hurler ceux du Mas Noir, c'est à cause de leur vieille, elle aussi elle est en attente dans la cave.

Le curé monte pour les deux.

On commence par le grand-père. Il fait un temps de chien avec la pluie fine qui tombe et le brouillard accroché aux maisons. Avec le dégel, ça fait même une drôle de bouillasse là où ils veulent le mettre. Le Père regarde d'un air désolé.

— On ne va quand même pas le mettre là-dedans !

Ça fait un moment de gêne.

— Et vous voulez qu'on fasse quoi ? qu'il demande, calme, le curé.

Le ciel est noir partout au-dessus du village et puis loin derrière la montagne. C'est de là que vient le temps, de la pluie pour trois jours.

Le Père écarte les bras.

Quand ils descendent le cercueil, ça se pose un moment et puis ça s'enfonce. Au bruit, les bouches s'ouvrent mais personne ne dit rien. Le curé laisse faire. Faut dire qu'il commence à être bien trempé lui aussi.

A midi, le grand-père est sous la terre, bien allongé dans sa caisse, avec le tas à refaire. La Mère s'en occupe, elle rince le gravier avec de l'eau et elle remet tout en place.

Sous le gravier, il y a Eloïse et puis le bébé tout plissé qui est sorti du ventre de la Mère il y a très longtemps.

M'mé Coche dit que les morts ne restent pas dans les cercueils. Elle dit aussi que tout est dans l'âme. L'âme, c'est quelque chose comme un nuage qui reste enfermé toute la vie dans la tête. Quand on meurt, le nuage s'en va vivre très loin, dans des pays qui n'existent pas.

Elle dit que le nuage du grand-père est au ciel mais qu'il ne faut pas s'y fier, qu'il voit tout ce qu'on fait.

Pour le chat, à force de tourner en rond sans manger, il a fini par crever.

Marc ne va plus à l'école, il passe ses journées à traîner. Il s'assoit à la table, avec ses grandes jambes étendues dessous et il attend qu'on le serve. Quand la Mère ne veut plus le voir, elle lui donne un peu d'argent pour qu'il aille au café, peu importe où, mais qu'il sorte d'entre ses jambes.

Même la terre du jardin, il ne la remue pas.

Avec son argent, il s'achète du tabac. Il fume partout, même dans la chambre, sur le matelas.

Le matelas est tellement pourri qu'il se remplit de vermine. Une nuit, il se réveille, ça grouille partout, entre les plinthes, sur les draps, dans la couverture. Il a les jambes bouffées. Simone n'ose pas descendre du lit. Elle reste debout avec les cafards qui lui courent sur les pieds.

Le lendemain, le Père fait un grand feu dans la cour et il brûle le matelas. Ça fait une drôle de fumée. Après, Marc va dormir dans l'estafette.

Le soir, le Père revient avec sa paye. Pour fêter ça, il passe au café. De retour, il est tellement saoul qu'il brûle les cheveux de Simone avec son briquet.

Un jour, le voisin vient voir le Père et il s'assoit à la table avec lui. Le Père sort deux verres, une bouteille.

Ils parlent entre eux.

C'est au sujet de Simone. Le voisin a besoin de quelqu'un pour s'occuper des vaches.

— On t'attendait, qu'il dit le Père quand Simone entre.

Et il montre le voisin.

C'est tout ce qu'il dit. Il tourne son verre entre ses mains. Le voisin regarde la Mère mais la Mère regarde par terre alors c'est lui qui continue.

— La patronne, elle n'en peut plus, qu'il explique. C'est ses varices, elle a des bandages maintenant, pour les bêtes, elle peut plus. On a pensé à toi, tu es plutôt robuste, et puis on préfère quelqu'un du voisinage.

Le Père regarde la Mère.

— Avec l'argent, on pourrait faire réparer le toit et acheter une machine.

Simone baisse encore plus les yeux.

La porte est restée ouverte. Le soleil entre, baigne la maison. Il sèche l'air. C'est le bonheur de la chaleur retrouvée.

Manue est assise sur les marches, elle lave ses cheveux dans une bassine. Le soleil lui traverse la peau. Assis sur une branche tout en haut dans l'arbre, Marc la regarde. Tout autour, les bourgeons éclatent, collent aux branches.

Dans trois jours, c'est le printemps.

A l'intérieur, Simone se tasse.

— Et puis ce sera pas tous les jours, surtout pendant les vacances… le soir, un peu le mercredi.

Simone se tasse encore un peu plus. Bientôt elle va disparaître, se perdre dans le gris de l'évier.

Le voisin regarde du côté du Père.

— S'il nous était pas arrivé ce malheur, on n'aurait pas ce souci ma femme et moi.

Le malheur chez le voisin, c'est leur fille, morte, écrasée par un taureau. A-t-on idée de laisser une gamine dans une écurie un jour de monte !

— Vous savez pas la chance que vous avez d'avoir tous vos enfants.

Et il lorgne du côté de Manue en disant ça.

Dans l'écurie, l'odeur de purin colle aux murs, aux seaux. Le plus terrible, c'est dans les cheveux, l'odeur reste. On la retrouve le soir sur l'oreiller.

— Il va falloir respirer ça tous les jours ? qu'elle demande Simone.

— Moi, ça fait vingt ans que je le respire ! qu'elle répond la patronne en haussant les épaules.

C'est plein nord. Aux plus beaux des jours, ils ouvrent le soupirail. Le froid s'engouffre et vient cogner contre la nuque, ça laisse enrhumé tous les jours de l'année.

Quand les vaches sont au pré, Simone nettoie l'écurie. Pour le lait, c'est la patronne qui s'en occupe.

— Je ne veux pas te voir tourner autour des clients.

Simone ne tourne autour de rien. Elle fait ce qu'on lui dit, c'est tout.

Le voisin est pire que le fumier des vaches. Simone ne l'aime pas. Elle le fuit mais l'écurie est petite et puis c'est le patron.

Le Père a dit : Je ne veux pas d'histoires.

Les histoires, ce n'est pas Simone qui les fait, c'est lui. Le voisin, ça le rend fou l'idée d'aller voir ce qu'il y a sous ses jupes, d'y plaquer ses mains, sa bouche. Dès qu'il a un moment, il lui lorgne le blanc des jambes. Quand elle est au bassin, il passe derrière elle et il la colle. Elle garde exprès la poisse qui suinte de son œil crevé. Elle veut qu'il se dégoûte mais il ne se dégoûte pas, au contraire. On dirait que ça l'excite l'idée même de cet œil mort.

Le jeudi, c'est pire parce que c'est jour de marché et que la patronne n'est pas là. Il ne la lâche pas.

Un jeudi, Simone arrive, il est là, dans l'écurie, avec un poulet plumé sur la table. Dès qu'elle entre, il la regarde comme il sait faire et puis il enfonce ses doigts dans le ventre du poulet, ses doigts et sa main et il regarde bien Simone en faisant ça. Il en a la bouche trempée. Il enfonce sa main, il la sort et il la remet. Simone a honte. Ça lui tombe de partout, de son dos, de son ventre.

— Tu es belle, belle comme une grotte.

Elle baisse les yeux, elle se tait. Le Père a dit, il ne veut pas d'histoires.

Avant, on ne gardait pas les morts dans les caves. On les prenait et on les portait jusqu'au terre-plein à l'orée du bois. Pour les loups. C'était sans honte. On faisait ce qu'il fallait, la veillée, l'église, et puis, le lendemain, on les portait au bois. C'était une entente avec les loups.

Maintenant, on garde les morts dans les caves, les loups n'ont plus leur part et ils s'attaquent aux vivants.

Il y a toujours eu l'entente.

Depuis que l'homme est homme.

Et le loup, loup.

M'mé Coche dit qu'elle pense souvent à tout ça. Pour s'occuper les mains, elle tricote des napperons qu'elle pose sur les tables, les étagères. Elle voudrait les donner mais personne n'en veut.

Un jour, elle va à l'église. La clé est sous une pierre mais plus personne ne vient là, à cause des serpents ou du gel qui monte des pierres. Derrière l'autel, il y a une petite niche creusée dans la pierre. A l'intérieur, une statue. M'mé Coche tire le prie-dieu contre le mur et elle grimpe dessus.

Elle sort de l'église avec la Vierge cachée sous son tablier.

Avant de passer la porte, elle se signe devant le bénitier pour avoir le pardon de Dieu.

De retour, elle nettoie la statue et elle la met sur la table, à côté de son lit.

La nuit, elle laisse une petite veilleuse allumée au pied de Marie. Le soir, avant de s'endormir, elle prie et puis le matin aussi. Elle croit aux miracles, aux anges et à Dieu, elle pend des statuettes partout dans la maison, des statuettes en plastique remplies d'eau bénite.

Deux fois par an, le curé monte bénir sa maison. Il passe dans toutes les pièces et il jette son eau. C'est comme ça que M'mé Coche fête les Rameaux un peu avant l'heure.

Quand il vient, le curé remplit son flacon d'eau bénite et il lui donne des hosties à manger. Ils font ça dans la cuisine. M'mé Coche se confesse, ça ne dure jamais bien longtemps. Après, ils boivent le café. Ils se connaissent depuis plus de cinquante ans. Le curé sait pour la Vierge mais il dit que la statue est aussi bien ici, qu'elle aurait fini par pourrir.

Il dit aussi que M'mé Coche est trop vieille pour vivre seule, qu'elle devrait descendre vivre au village du Bas.

M'mé Coche, ça la fait rire les mots du curé.

Après sa visite, elle reste illuminée pendant des semaines. Le reste de l'année, ses mauvaises pensées, elle les donne au ciel et c'est le ciel qui lui pardonne.

Quand les mauvais esprits se mettent à tourner, elle coud des poupées de chiffon, elle les bourre d'herbes et de paroles et elle les brûle.

Des secrets de vieille. Elle n'en parle à personne, même pas au curé.

Personne ne passe plus devant chez elle. Dans le village, ils ne sont plus que cinq, rien que des vieux qui tiennent à peine debout. Quand ils se croisent, ils se regardent bizarrement, ils se toisent le blanc de l'œil pour savoir où l'autre en est dans sa santé.

L'épicier monte pour eux, il dit qu'au prix de l'essence il fait ça par charité. M'mé Coche lui donne des napperons, il s'en sert pour éponger l'huile sous son moteur.

Le matin, quand elle se lève, elle sort regarder dans la neige s'il y a des traces de loups.

Après, elle note le temps qu'il fait dans un petit carnet. Elle fait ça tous les jours.

M'mé Coche a peur de mourir, d'être malade et de devoir crier dans le silence. La nuit, quand elle ne dort pas, elle se lève. Elle fait bouillir de la chicorée dans un peu d'eau et elle boit ça avec du miel.

Elle ne veut pas quitter sa maison, même si le village est mort, qu'il n'y a plus d'enfants, plus que des vieux enfermés vivants dans leur cuisine.

Des vieux et des chiens, des chiens aussi vieux que les vieux, et quand l'un crève, l'autre finit par suivre en pas longtemps.

C'est pour ça que M'mé Coche laisse entrer les poules. C'est pour ça aussi, qu'elle aime quand Manue monte la voir. Elle aime Marc aussi, mais c'est Manue qu'elle préfère.

Les jours de soleil, elle sort. Maintenant, il lui faut ses deux cannes, l'une pour se tenir, l'autre pour se redresser. Elle marche comme elle peut, avec du temps elle arrive au jardin, à la grille, au chemin. Les maisons sont vides. Elle se traîne jusqu'au banc et du banc au cimetière. Elle va voir le grand-père et puis les autres, ils sont tous sous les croix, ça lui fait une pâtée de souvenirs bien épaisse dans sa mémoire. A force, elle parle toute seule. La nuit, dans sa maison, ça fait une voix.

Elle passe ses soirées à guetter les rats. L'hiver dernier, le grand-père s'est fait manger un bout d'oreille dans son sommeil. Quand il s'est réveillé, la bête était là, le museau taché de sang. Il a mis du temps à comprendre et quand il a compris, ses yeux se sont affolés et il s'est mis à hurler. Le rat s'est sauvé. L'oreille est restée des semaines sans vouloir cicatriser. Une brûlure, quelque chose de terrible.

Depuis, M'mé Coche met des assiettes de poison dans toutes les pièces, sauf dans la cuisine, à cause du chien, il est capable de le manger.

Avec l'automne, les hommes traversent le bois pour chasser le sanglier du côté des lacs. Ils coupent les ronces qui barrent le chemin. Manue les rencontre souvent quand elle monte voir M'mé Coche dans le village des Cimes. Ils n'aiment pas la voir traîner par là. Ils disent qu'elle fait fuir le gibier. Elle n'a pas peur d'eux. Maintenant qu'elle grandit, ils ne disent plus rien. Ils la suivent des yeux. Les fils Chafard surtout. Quand Marc est avec elle, ils ne disent rien, ils n'osent pas, mais quand elle est seule, ils la regardent et ils parlent en dessous.

Pour Manue, M'mé Coche sort la farine, les œufs et elle prépare des crêpes épaisses qu'elle bourre de miel et de pommes.

Quand Manue n'a plus faim, elle commence à parler.

— Et ton père, comment il va ?

Manue ne sait pas parler quand il faut parler du Père.

Elle dit :

— Ça fait quinze jours qu'il ne va plus au gouffre, il ne peut plus mettre le pied par terre à cause d'un ongle qui lui fait mal.

— La Mère ?

— Ça va…

— Et Marc ?

Pour Marc non plus elle ne sait pas.

— Il balaie la cour et il s'occupe des poubelles. Il pourrait réparer la grange mais il ne veut pas. Il dit que ça lui va comme ça.

Elle mange la confiture, les morceaux de pommes cuites, encore la confiture. Elle écrase les morceaux dans sa bouche, sous ses dents. Les fruits éclatent, répandent le jus, la douceur.

— Et ta tignasse, quand est-ce que tu vas te décider à la couper ?

Manue sourit.

Quand elle a fini de manger, elle traverse la cour, s'enferme dans la maison d'avant.

Avec le dernier hiver, tout un pan du toit s'est effondré. La porte reste ouverte, les poules et le chien entrent dedans.

Elle remonte dans la chambre, elle ne peut pas s'empêcher. Elle ouvre les tiroirs, les armoires. Il n'y a plus rien. Elle cherche quand même.

Elle aimerait trouver des secrets.

La première neige commence à tomber en fin de journée, quelques flocons légers qui fondent sur la terre et qui finissent par coller. Ça dure comme ça toute la nuit. Au matin, l'air est plus froid. Le ciel est pris de nuages qui ne laissent pas passer la lumière. A midi, il fait presque nuit, c'est à peine si on distingue la cour, les arbres dans le pré.

De son lit, Simone entend le sifflement de la bouilloire et tout de suite après les bruits de coup, loin de l'autre côté de la cloison.

Les bruits viennent du fenil, des bruits courts de quelque chose qui cogne, et puis des plaintes, des gémissements.

Elle se lève, sort par l'écurie, monte à l'échelle. Il fait sombre. Le fenil est encombré de paille, de foin et d'oignons mis à sécher. Dans les tuiles, une fissure large comme un bras laisse passer la pluie et la lumière. A cet endroit, la paille est pourrie. L'humidité traverse, ronge le plancher.

Marc est tout au fond, dans le coin le plus en poussière. Il se tient à genoux, les deux mains appuyées contre le mur.

Il ne l'entend pas entrer.

Il se tape la tête, des coups lents et réguliers, et entre chaque coup, il laisse échapper une plainte.

Le passage est secret, il permet d'entrer dans le gouffre par un long boyau de sécurité qui débouche dans la salle des machines. De là, il suffit de prendre les escaliers et de descendre. On tombe sur le lac.

Marc a découvert le passage par hasard. Il y vient de nuit avec une lampe qu'il a volée dans les locaux de surveillance. Il s'attache la lampe au front, il y voit comme en plein jour.

Il dit que les fissures s'agrandissent, qu'elles laissent passer de plus en plus d'eau. Il dit aussi qu'il y a des poussées sur l'arrière et que l'eau suinte fort le long des rochers.

Puig a fait venir des maçons pour renforcer avec du béton et mettre des vannes. Les gars pensent que le béton ne peut servir à rien contre la force de l'eau. Ils font ce qu'ils doivent, en triple épaisseur et à six heures, ils s'en vont. Le Père remonte avec eux mais ils ne se parlent pas.

Le Père pointe et il sort. Ce qu'il boit ne l'empêche pas de faire son travail. Dans le village, on dit que ceux des Cimes ne s'intègrent pas. Qu'il leur reste toujours comme une tache au milieu du front.

Plus personne ne se bat avec Marc. Maintenant, il a des mains énormes, des mains de tueur. Avec ses mains, il fait tout, il attrape les rats, les serpents, il leur fait cracher le venin en leur appuyant sur la tête. Il peigne aussi les cheveux de Manue.

Marc est maigre, c'est à cause de tout ce qu'il fume et de ce qu'il ne mange pas. Ses yeux sont creusés tout autour avec des cernes bleus qui lui font le regard malade.

Depuis quelque temps, il s'énerve pour Manue. Elle ne veut plus venir pêcher avec lui dans la rivière ni jouer dans les grottes.

— Avant, tu venais, il dit.

Marc, ça le fait trembler de la voir grandir.

— Il faut revenir comme avant.

Après, Manue a des traces sur les bras parce que Marc l'attrape et qu'il la serre trop fort.

— Les choses doivent revenir, Manue ! Elles doivent !

Mais les choses ne reviennent pas.

Marc arrange bien l'intérieur de l'estafette, il met des rideaux, des couvertures propres pour que Manue vienne dormir avec lui.

M'mé Coche n'a plus de dents. Pour se nourrir, elle suce des biscuits qu'elle trempe dans son café. Manue entend le bruit de sa langue. Elle entend aussi le tic-tac de la pendule et le bruit que fait le chien en dormant.

Dans le silence, elle craque une allumette, elle la regarde brûler. Des heures qu'elles sont toutes les deux, blotties dans leurs châles de laine.

M'mé Coche se lève, vient s'asseoir sur le banc à côté d'elle.

Avec ses doigts, elle démêle les cheveux, fait une longue natte qu'elle attache avec un ruban.

— Tu es belle.

C'est un murmure.

Après, Manue sort, marche jusqu'au chemin. Le ciel est blanc au-dessus des montagnes. Un aigle tourne au-dessus de la Volane. Soudain il plonge, réapparaît plus loin derrière les arbres et puis il plonge encore. Quand il reprend de l'altitude, il tient un serpent dans son bec.

Manue reste les yeux fixés sur les cimes. Elle connaît chaque pic, chaque éboulement de rochers, chaque terre, la façon de tenir et de couler entre les doigts.

Avec le soir, le vent se met à souffler, il s'engouffre entre les arbres.

Bientôt, le froid sera tel que plus rien ne bougera. Même respirer deviendra impossible.

A force de pluie, la grille du cimetière est rouillée. L'herbe pousse dans l'allée et autour des tombes.

Le lierre a pris racine sur la tombe du grand-père. Manue l'arrache et puis elle refait le tas de gravier, arrange les pots, les fleurs. Tout est désert, étrangement silencieux. Seules les montagnes semblent encore veiller sur le village et ses morts.

Dans la cuisine, M'mé Coche s'est endormie.

Manue revient, s'assoit à la table. M'mé Coche ne dort jamais longtemps, quelques minutes à peine.

— A mon âge, il n'y a plus de sommeil.

Manue prend ses mains dans les siennes, ses mains de vieille, elle les caresse doucement.

— Où est ma mère ?

M'mé Coche secoue le tête.

— Elle est partie par le sentier, il faisait nuit.

— Et après elle est revenue pour me laisser devant la porte.

Elles parlent longuement, assises dans l'ombre.

Après, Manue se lève.

— Je n'aime pas te laisser toute seule, avec l'hiver qui vient.

M'mé Coche sourit.

— Tout ira bien…

M'mé Coche ne la raccompagne pas. Elle reprend sa place près de la fenêtre, regarde dehors, là où Manue s'en va. Sa tête dodeline contre le coussin du fauteuil. Le chien est près d'elle, il ne la quitte pas.

Le soleil tape contre la vitre. Ça fait fondre la crème. Elle coule sur le plateau et puis sur les doigts de la boulangère quand elle vient chercher les gâteaux.

La boulangère se lèche les doigts.

Son tablier attire les mouches. Elles se collent dessus pour la journée.

Manue a toujours rêvé d'avoir une mère boulangère. La sienne, elle l'a laissée toute seule, abandonnée dans le village des Cimes.

Elle a vidé l'armoire, pris les robes, les foulards. Elle a pris l'argent dans la boîte et elle est partie par le chemin. Elle a emporté le rire. Elle a laissé les colères du Père quand il boit, qu'il rentre tard et qu'il frappe Manue parce qu'elle grandit, qu'elle ressemble trop à sa mère.

— Tu es comme ta mère, de la graine de démon !

— Quand je serai grande, je partirai.

— Qu'est-ce que tu dis ?

Rien, c'est un murmure.

Mais ce n'est pas si loin.

C'est pour tout ça que Marc se prend la tête, qu'il se cogne contre les murs.

La Mère dit qu'elle ne veut plus entendre gueuler comme ça toute la journée.

Un jour Manue rentre, le Père l'entend rire au portail et puis après dans la cour. Il prend la fourche.

— Je te défends, tu m'entends ! Je te défends de rire !

Manue reste clouée contre la porte.

C'est la Mère qui s'avance.

— Tu deviens fou mon pauvre homme !

C'est la souffrance qui a planté toute cette haine dans le cœur du Père. La souffrance-amour pour Mado quand elle l'attendait dans l'écurie et qu'il n'y pouvait rien, juste l'aimer.

Juste l'aimer.

— Tu as le diable entre les jambes ! qu'il lui disait.

Et il s'enfonçait tout entier en elle pour l'entendre gémir, supplier. Il ne pensait qu'à ça. Son corps le rendait fou, l'idée de le tenir, de le caresser, de s'y perdre.

— Elle était trop belle, ta mère, trop belle que c'en était une insulte. Qu'est-ce que je pouvais faire contre ça ? Quand elle est partie, j'ai cru crever.

Il n'oublie pas. Il ne peut pas oublier.

C'est pour ça qu'il boit. Dans sa chambre, ça sent la sueur, les vêtements sales du pied du lit.

La Mère ne s'occupe plus de lui. Elle le laisse se finir comme un chien.

Un soir, Manue vient tourner autour de l'estafette. Marc ouvre. Ils mangent. Un peu. A peine.

Ils coupent du pain, mangent des fruits.

Ils sont ensemble, dans la même maison, dans le même silence. Les branches du sapin frottent sur le toit de tôle.

C'est le seul bruit.

Marc dit :

— Dans la lumière, tu es encore plus belle.

De la nuit, Marc ne dort pas. Il regarde Manue. Il la recouvre quand la couverture glisse, qu'elle a froid.

Il s'éloigne. Va jusqu'à la fenêtre, écoute le vent, la nuit. Le vent contre l'estafette.

Il revient.

Maintenant qu'elle dort, il allume un peu la bougie, une petite bougie qu'il pose sur le sol pour ne pas la gêner dans son sommeil.

Il se penche, écoute sa respiration.

Au matin, elle s'en va.

Elle trouve le Père dans la cuisine, devant son bol de café.

De la voir, le dos du Père se casse. Ça fait des mois qu'il sent la beauté grandir dans les yeux de Manue. Maintenant, la beauté déborde.

Il se lève, claque de la main sur la table, renverse le café.

Entre lui et Manue, ça devient trop violent.

Du dehors, la Mère entend crier. Elle s'enferme avec les bêtes dans l'écurie pour ne plus être là.

Les filles ont des cordes qu'on leur attache dans le ventre. Si elles bougent trop, on tire un peu sur la corde.

Un jour, la Mère dit :

— Tu vas être une femme, il y aura du sang.

Ça tire sur la corde. Manue ne veut pas être une femme. Elle ne veut pas de maison, pas de village. N'empêche, un après-midi, le sang coule, glisse entre ses jambes, tache sa robe. Tout de suite, elle comprend. Elle n'a pas peur. Elle se lave dans la rivière mais ça coule encore. Elle reste un long moment assise sur les pierres à regarder le mince filet s'écouler. Elle finit par rentrer. La Mère voit. Elle s'enferme avec elle dans la chambre. Le plancher est froid, le gant aussi que la Mère passe pour laver.

— Il ne faut pas coucher avec les garçons sinon tu auras de gros ennuis.

D'un coup, elle est sale. Le sang continue de couler, de ses yeux, de sa bouche. L'eau devient sombre dans la cuvette entre ses pieds.

C'est une belle nuit d'étoiles. Avec le printemps, l'air se chauffe et le Père entend le rire de Mado. Il ne cesse de l'entendre et maintenant c'est Manue qui rit du même rire.

Il a fallu l'hiver pour qu'il comprenne. Manue grandit, elle a la beauté de sa mère, son insolence.

La nuit, Marc regarde dormir Manue. Il ne la touche pas, simplement il s'approche et il la sent. Après, il s'assoit au pied du lit. Il peut rester comme ça toute la nuit, sans dormir, à écouter respirer Manue.

Quand il n'est pas au gouffre, il est dans l'estafette ou à courir dans les bois à la recherche des loups.

Simone déteste ce qui se passe dans la maison, elle dit que Manue c'est comme le diable et qu'au village on commence à parler de la voir courir comme une sauvage dans la forêt.

Un jour, Manue ne veut plus venir dormir dans l'estafette.

— Je ne dois plus, tu comprends.

Non, Marc ne comprend pas. Il secoue la tête.

— Pourquoi…

— Ce n'est plus possible.

Dans sa tête, ça fait un grand trou blanc.

Il tourne le dos, regarde la fenêtre, le reflet de son visage et celui de Manue, tous les deux mêlés.

— S'il te plaît…

Et il cogne du poing contre l'estafette.

Il se retourne.

— Manue, s'il te plaît…

C'est un balbutiement à peine audible.

Après, il sort, traverse la cour.

Il s'en va tout seul sur le chemin.

Longtemps, Marc hurle le nom de Manue dans la montagne. Il erre, jusque tard dans la nuit. Il fouille dans les fourrés avec ses mains, il marche, il cherche, il crie.

La nuit, il dort dans la clairière aux loups, tout en haut dans la forêt. Il se couche dans leur trou de terre, il prend leurs odeurs, celle de leurs poils, de leur semence.

A force, il voit la lune rouge. C'est la sueur qui fait ça, elle coule dans ses yeux, elle les brûle. Après, il voit des choses qui n'existent pas.

Il reste trois jours dans la forêt. Quand il revient, il est hagard, sale et puant. Il rentre dans la cuisine, ouvre le placard, cherche le pain.

Simone ne supporte plus qu'il soit là. Depuis quelque temps, elle ramène ses cheveux en arrière, elle les monte en chignon. Des poils lui poussent au menton. Elle les coupe aux ciseaux. Elle met de la poudre par-dessus, ça fait épais mais ça n'empêche pas les poils de pousser.

— Qu'est-ce que tu fais là ? elle dit.

Marc se retourne. Brusquement entre eux, c'est la haine.

— Fous-moi la paix !

— T'as rien à faire ici, le Père veut plus de toi dans la maison.

— Tais-toi ou j'te crève !

Simone se redresse, le visage mauvais.

— C'est ça, crève-moi et puis crève le Père, crève tout le monde si ça peut te faire plaisir ! En attendant, tu ferais mieux de te laver et puis de t'occuper du toit. Le vent a arraché des tuiles. Aux prochaines pluies, ça va faire des gouttières dans le fenil. Le Père…

D'un coup, Marc est sur Simone. Il la regarde en plein dans son œil vivant.

— Le Père a battu Manue. Ne me parle plus jamais de lui tu m'entends !

D'un coup, Simone redevient comme à six ans quand elle pissait dans ses bottes. Elle secoue la tête :

— Tu deviens cinglé mon pauvre frère, complètement cinglé !

Elle tourne le dos, sort de la maison.

Marc l'entend qui parle tout bas dehors avec le Père. Il ne comprend pas ce qu'elle dit mais quand il se montre, elle se tait. Le Père a juste le temps de dire :

— T'es un bon à rien !

La Mère est là, aussi, elle tend la main.

— Fils…

Déjà, Marc est loin.

Dans la grange, il choisit la hache la plus longue, il vérifie le tranchant et il traverse la cour, sort sur le chemin.

Il marche à grands pas, remonte le chemin jusqu'au verger et coupe par l'enclos. D'en haut, la vue se dégage, prend force sur les montagnes. C'est un endroit de lumière et de sources.

Il monte encore en tenant la hache contre lui. Il prend au plus court. Bientôt, il n'y a plus de chemin, il traverse directement par les ronces, le bois.

La hache est lourde, elle frotte dans la neige. Quand il a soif, il s'arrête, suce la neige.

Le village des Cimes est juste au-dessus, les maisons sont encore cachées par les arbres et par la brume, mais on sent l'odeur des fumées et celle des grands sapins.

Il n'y a plus de vie dans le village.

Chez M'mé Coche, la cheminée fume. Marc pousse la grille, il entre dans la cour, s'approche de la fenêtre. M'mé Coche est assise dans son fauteuil, les mains posées à plat dans le creux de son tablier. Elle dort.

Marc n'entre pas.

Il revient sur ses pas, continue de grimper par le bois en direction des Cimes. Tout autour, c'est une forêt épaisse de sapins et de mélèzes. La lumière ne pénètre pas. Les chiens s'y perdent. Même les sangliers hésitent à s'enfoncer.

Ceux qui ont l'odeur disent qu'à partir de là, la forêt sent le diable. On raconte que des hommes devenus loups errent depuis la nuit des temps et qu'aux équinoxes, on les entend hurler.

Marc longe la forêt, il remonte dans les herbes jusqu'à l'arbre d'enfance, l'arbre des pendus.

C'est un endroit de soleil et de lumière. Un endroit de champignons. De fleurs.

Avant, il venait jouer dans les caches de mûriers. Avec Manue, ils attrapaient les truites à la main et ils les faisaient cuire entre des pierres. De penser à elle, ses lèvres tremblent. Il parle seul, il parle de Manue, et les mots se mélangent à ses larmes. Deviennent des prières.

— Manue… Manue…

Il s'accroche à l'arbre, l'arbre de l'Étranger et puis l'arbre de la lignée.

Simone a dit :

— Pauvre fou !

D'un revers de la main, il essuie ses larmes, la sueur. Il sent le chien mouillé. Bientôt, il se roulera en boule et il crèvera.

Tout autour de lui, le vent souffle. On dirait l'océan pourtant l'océan est loin.

Un moment, il regarde ses larmes tomber dans la neige. Tomber et fondre. D'un geste large, il prend la neige, s'en bourre en poignées dans la bouche, à s'en geler les dents.

Contre lui, l'arbre est en attente de sève. C'est l'arbre des secrets, des confidences. L'arbre de vie, depuis des générations.

Et puis l'arbre des loups.

Des deux mains, il empoigne la hache. La cognée est violente. Le coup tranche sous l'écorce juste dans la chair de l'arbre.

Ensuite, tout devient simple. Les coups se mettent dans les coups, la blessure se creuse, entame la vie jusqu'à disparaître au plus intime de l'arbre.

Marc ne sent pas la douleur et pourtant la douleur est partout, dans ses bras, dans sa nuque, dans la sueur qui lui brûle jusqu'au-dedans des os.

L'arbre en est à sa grande souffrance.

Marc cogne debout, jambes écartées, il cogne en geignant. Parfois la fatigue l'emporte, il s'arrête, lèche le sang qui coule de ses mains, se mêle à la sève, à la sueur, à la neige.

Autour de lui, tout est étouffé dans le silence.

Marc redouble de violence jusqu'à ce que l'arbre cède. C'est un rien, un frémissement dans la cime, et puis le frémissement gagne les branches, le tronc, l'arbre tout entier.

L'arbre vacille.

Bientôt, il cède.

Marc tombe à genoux dans la neige, il se met à rire, à pleurer.

Le Père pourra frapper, hurler, l'enfance est morte.

Des heures durant, Simone guette. Quand elle voit Marc, elle sort.

Tout autour, le vent souffle, il balaie la forêt en tourbillons glacés. L'air vif, poussé par le vent du nord, s'engouffre plus avant entre les montagnes pour rejoindre la vallée, les villages d'Auch et de Malincourt. Au passage, il cogne contre les murs de la grange, soulève les tôles.

— D'où tu viens ? elle demande.

Et puis elle voit son regard, ses mains écorchées.

— Qu'est-ce que tu as fait ? Tu as coupé un arbre ?

Marc ne répond pas. Il avance vers l'établi, remet la hache à sa place. Il ramasse un peu de neige, nettoie le sang qu'il a sur les mains.

Simone est toujours derrière lui.

— Je t'ai posé une question ! Tu as coupé un arbre ?

D'un coup elle comprend.

— L'arbre de vie !

Elle l'attrape par le bras, l'oblige à se retourner. Un instant, leurs yeux se croisent. Ceux de Marc sont blancs, sans expression.

— Tu n'as pas fait ça ? Si le Père l'apprend, il te tue !

Marc hausse les épaules.

— Il a battu Manue, il n'a plus rien à dire.

— Il est le Père !

— C'est pas ça un père.

Simone se laisse aller contre le mur.

— Tu ne touches pas au Père.

C'est un murmure. Dans sa poitrine, son cœur cogne. Le Père. Elle n'a que lui.

Elle dit :

— Je n'ai que lui.

Mais Marc ne l'entend pas. Il a faim, il faut qu'il mange. Il traverse la cour, marche jusqu'à la cuisine.

Manue ne sait pas quoi dire quand elle le voit entrer. Elle attend qu'il soit assis sur le banc. Elle s'approche. Elle pose doucement sa main sur son bras, à peine, comme pour le sentir vivant.

— Je vais rester, il dit.

Il s'assoit, mange ce que Manue pose pour lui dans une assiette. Quand il a fini, il jette les os au chien. Il lève la tête. Il regarde Manue. Longuement.

Il y a une première pensée et puis une autre, ça lui vient du milieu du ventre. Manue dans la cour, debout dans les rayons de lune. Manue est à lui, elle lui appartient. Elle ne peut pas grandir.

Après, il devient comme un fou. Il ne pense qu'à elle, qu'à la chercher, à retrouver ses traces dans la neige, sur le gel des herbes. Il prend la terre entre ses mains, il enfonce son visage dedans. La nuit, il reste à tourner autour de son lit, dans ses endroits de couche. Quand elle n'est pas là, il se roule dans ses draps. Il empoigne ses robes, il s'en bourre la bouche à s'étouffer.

A force, il prend son odeur.

Il ne se lave plus. Il garde l'odeur de Manue dans ses mains.

Le Père ne veut plus de lui à table alors il mange dehors, sur la pierre, ou dans l'estafette avec ses grandes jambes autour de lui.

C'est Manue qui lui apporte son repas. Elle le regarde quand il mange et puis un jour, elle ne le regarde plus. Elle a peur. Elle ne comprend pas ce qu'il devient.

Lui, il ne voit qu'elle, ses yeux, les pupilles larges, sombres comme la terre. Il ne comprend qu'elle. Quand les autres lui parlent, il ne les entend pas.

Il ne va plus au village. Plus nulle part. Il n'a pas d'argent. Manue en vole à Simone et elle lui achète du tabac quand elle voit que sa boîte est vide.

C'est une nuit de grand gel. Le ciel est plein d'étoiles. Le vent glisse sur le glacé de la neige, en surface.

Marc avance, les mains au fond de ses poches, il fixe les cailloux sur le chemin.

Avec la lune, il y voit comme en plein jour.

Il gravit la pente jusqu'à la pierre des Supplices et de là plus haut encore, en direction du grand plateau. Ensuite, il continue à travers le bois, coupe par la grande ravine.

Avec ses bras, il serre la canadienne autour de lui pour empêcher le vent de passer et de geler la sueur.

C'est un endroit de clairières où la forêt s'ouvre à la lumière.

Marc s'assoit sur une pierre. La lune éclaire la clairière et la cime des arbres tout autour. Elle éclaire tout un côté de son visage.

De la louve, il ne voit d'abord que les yeux, la présence sombre qui reste à couvert dans le fourré.

Les mâles sont derrière. Marc les devine mais il ne les voit pas.

Il revient le lendemain et puis le lendemain encore.

Il passe ses nuits dans la forêt. Il rentre au matin. Il avale une pâtée infecte, un mélange de farine et de lait sur lequel il râpe du fromage et il va dormir dans l'estafette.

Maintenant, Manue ne le reconnaît plus. Elle a peur pour lui. Elle lui donne ses cheveux pour qu'il les démêle, qu'il pense à autre chose qu'à la forêt. Elle lui donne ses robes, ses foulards pour qu'il respire, qu'il reste à la maison.

Un jour, la Mère dit au Père :

— Il faut parler à Puig, qu'il lui donne du travail, sinon il va finir en bête.

Le Père lance la main comme pour chasser une mouche et la main retombe.

Un jour pâle filtre à travers les carreaux.

— Si ça continue, qu'elle dit la Mère, ça finira par un malheur.

Le ventre de la louve est large, tout alourdi par les petits qui poussent en elle. Sous son poids, ses pattes s'enfoncent dans la neige et font craquer la croûte.

L'étendue est vide d'arbres. La louve fait quelques pas et puis elle sort de la forêt, traverse le grand champ. Derrière elle, les loups hésitent et ils sortent à leur tour. Ils rejoignent le chemin. La lune fait briller la neige. Elle fait briller la route et les plaques de glace tout autour.

Très vite, l'air se met à sentir le chien et la fumée du village. A sentir l'homme.

Après, c'est le matin, il y a des cris, des bruits de bottes dans la cour et des coups violents donnés contre la porte de l'estafette.

— Les loups, les loups sont venus cette nuit ! Il y a des traces dans la neige.

Simone se jette sur Marc, se met à le gifler avec violence.

— Ils sont venus jusqu'à la portelle, tu expliques ça comment ? On n'est pourtant pas en période de faim !

Marc reste la bouche ouverte, sans comprendre.

Il écarte les bras, il veut sortir mais Simone l'empêche, barre la porte.

— Alors, qu'est-ce que tu as à répondre ?

— Fous-moi la paix, je dormais…

Marc a des croûtes sur le visage et sur le cou. C'est les punaises de lit. Elles lui courent dessus quand il dort, elles le piquent et elles le bouffent. Il a tellement sommeil qu'il ne se rend compte de rien et, quand il se réveille, il a des piqûres partout.

Simone continue de crier.

— Si tu crois que je ne sais pas ce que tu vas faire dans la forêt ni les pourritures que tu gardes au fond de tes poches ! Si les gens du village l'apprennent, ils feront une battue, ils tueront les loups et après, c'est toi qu'ils tueront. Laisse qu'il y ait une brebis de morte, il en faudra pas plus !

Des bêtes rampantes, il y en a partout, pas seulement dans l'estafette. Elles sortent la nuit, toujours, dès que le soir tombe, une et puis une autre, ensuite c'est par dizaines, par milliers, des blattes, des cafards, des punaises de lit. Elles vivent dans le bois, sous les plinthes. La nuit, c'est terrible. Les cafards crachent du jus doré dans les cheveux, au matin, les draps sont collants.

Une nuit, Manue se réveille, elle en a sur les bras, dans le cou, dans les cheveux. Elle s'entend hurler. C'est l'humidité, tout est pourri, le bois, les draps, le matelas.

C'est comme ça qu'elle trouve le Père dans la cuisine, avec son fusil.

— Les loups qui viennent une fois finissent toujours par revenir.

C'est tout ce qu'il donne comme explication.

La Mère est pâle, toute serrée dans sa robe de chambre. Elle essaie de calmer le Père mais le Père ne l'écoute pas.

Quand il voit Manue, il dit :

— File dans ta chambre !

Le chien tourne en rond autour de la table, il s'arrête, regarde du côté de Manue et puis du côté de la porte. Il gratte le bas de la porte et il renifle par en dessous, là où l'air passe.

— Ne fais pas ça, elle dit la Mère.

— Te mêle pas de ça tu veux !

La Mère tend sa main comme si sa main pouvait suffire.

— Il ne faut pas tuer les loups…

Le Père se retourne, furieux :

— C'est mes affaires tu m'entends, mes affaires, alors tu t'en mêles pas !

Le Père bourre deux cartouches dans son fusil et puis il en prend une poignée qu'il fourre au fond de sa poche. Après, il ouvre la porte et il sort.

Manue s'approche de la fenêtre.

Les nuages passent devant la lune, elle ne voit rien du chemin, de la forêt, même le Père elle ne le voit pas. Elle respire vite, ça fait de la buée contre la vitre. Elle l'efface avec le doigt, recommence à respirer, à effacer.

Le Père s'est mis à couvert derrière le tas de bois. De nouveau, la lune se voile. C'est comme si soudain plus rien ne respirait.

La Mère sort sur le devant de la porte. Ombre sur ombre, c'est à peine si on la voit. Elle garde les yeux fixés sur le chemin, là où elle sait que les loups avancent.

Il se passe un temps infini avec elles deux et le Père dehors.

Brusquement, les loups sont là, à cent mètres. Ils avancent sur le chemin, dans la lumière de lune.

Derrière son tas, le Père épaule, il vise et il reste avec le bout du fusil qui passe d'un loup à l'autre, qui revient sur la louve.

La louve continue d'avancer. La louve, avec son ventre lourd de petits.

Elle contourne le mur, rejoint le devant de la grange. Elle arrive dans la lumière de lune. Le Père prend sa tête dans le viseur, et puis sa gorge, son ventre. Il la parcourt tout entière, tout son corps pris dans la lune.

La louve tourne la tête du côté de la grange, elle voit le bois et elle voit le Père.

Le fusil. Un éclat brillant, quelques secondes à peine et le ventre de la louve frissonne. Elle vient de comprendre.

Elle ne lâche pas les yeux du Père.

L'air sent la poudre, le sang. Le sang coule et sèche autour de la louve. Mouille la terre.

Le vieux loup s'approche de la louve, il la sent et il relève la tête, regarde le Père.

Le Père, la louve entre eux, morte, immobile. L'odeur.

Il commence à baver. Le Père reprend son fusil, il veut épauler mais il ne peut pas. C'est la douleur dans les yeux jaunes du vieux loup. Il recule, un pas et puis un autre, il tient le fusil contre sa poitrine, en travers, comme un impossible bouclier. Bientôt, son dos butte contre la pierre du bassin, il n'a plus d'endroit où aller. Il se met à trembler, à claquer des dents en balbutiant des mots qui restent dans sa gorge.

Le vieux loup s'avance. Le Père sent son odeur, la chaleur qui s'échappe de sa gueule entrouverte.

Autour, c'est le silence.

La Mère a dit, ça finira par un malheur. Il ne faut pas penser à ce que dit la Mère.

Le fusil glisse le long de la pierre du lavoir, et puis c'est le Père qui glisse, tombe à genoux.

Un instant, la haine vrille le regard du vieux loup. Il s'approche, enfonce sa douleur dans les yeux du Père.

Après, il s'en va.

Contre la pierre, le Père continue de trembler.

C'est comme ça que quelque chose de grave se passe dans la tête de Marc.

L'après-midi, la Mère part à sa recherche, elle crie son nom dans les rues, sur les rochers le long de la Volane. Le nom résonne, fait écho contre la roche.

Manue cherche aussi. Sans crier.

C'est elle qui le trouve, assis sur une botte de paille au plus sombre du hangar. Ses lèvres bougent. Quand elle s'approche, elle entend les mots, la grande prière pour Marie.

Je vous salue Marie, pleine de grâce… et quand il a fini, il recommence. De prier, ça le fait se balancer d'avant en arrière. Il fume et ses cendres tombent dans la paille.

— C'est complètement fou ce que tu fais.

Il n'entend pas.

Il fixe devant lui quelque chose que Manue ne voit pas.

Elle écrase les cendres, le prend par la main.

— Viens, il y a de la soupe chaude, du chou gras avec du lard et de la crème, du bon réchauffé de la veille, on mettra du pain dedans.

Il ne vient pas. Il fume et il fait des bulles avec sa salive.

Manue s'assoit près de lui, sur la botte. Elle attend.

Dehors, le soir tombe, la Mère ne rentre pas. Elle cherche, elle appelle. Autour d'elle, les eaux de la Volane deviennent vertes et puis noires. Elle marche en relevant sa robe, s'enfonce dans les creux de rocher, fouille dans tout ce qui peut servir de trou. Elle crie le nom de Marc. Les herbes mouillées gardent l'empreinte de ses pas. Bientôt, le sentier se termine, devient mouvance. Depuis des semaines, le sol est privé de soleil. L'odeur est forte, prenante. C'est un endroit de vase épaisse où vivent les crapauds.

La Mère appelle dans le brouillard qui tombe. Elle appelle le Fils, le Fils impossible.

Les mots s'enfoncent dans les ténèbres et elle continue d'appeler.

Elle appelle jusque tard dans la nuit.

Au matin, les bûcherons ramènent la Mère. Ils l'ont trouvée tout en bas, au bord des eaux glacées de la Volane.

Ils la rentrent et ils la mettent sur la table. Tout le bas de sa robe est mouillé. Ses cheveux. Ce n'est plus la Mère.

— Elle a dû glisser sur les rochers.

C'est tout ce qu'ils disent. Ils s'écartent, ils laissent le Père pleurer.

Simone prend un torchon, essuie les cheveux, la boue sur le front. Elle reste à ne pas comprendre.

Les cheveux finissent par sécher mais le visage ne revient pas. Ce qui faisait la Mère est resté sur les rochers, au bord de la Volane.

Après, avec le Père, Simone descend au village. Le curé les voit de loin. Il attend à la porte de l'église, dans sa robe de messe, les deux mains posées sur son ventre.

Dans le village, les gens disent qu'ils ont le mauvais œil alors forcément les choses ne vont pas s'arranger.

Le Père marche vers le curé. Simone reste en arrière.

— Curé, je viens pour la messe, qu'il commence par expliquer. Vous avez entendu dire… ?

— J'ai entendu.

— Il faut une messe…

Le curé secoue la tête.

— Ce n'est pas possible, qu'il dit en mâchant sa langue dans sa bouche.

— Pas possible ? Depuis quand qu'on peut pas enterrer ses morts par chez nous ?

— J'ai rien contre ta pauvre femme, crois-moi, mais si je la fais entrer dans mon église, demain je n'ai plus personne aux offices. Déjà que je ne fais plus recette.

— Faudrait voir ça ! qu'il commence à s'énerver le Père.

Le curé écarte les bras. Il se signe, écrase ses lèvres sur son crucifix et il se reprend la langue.

Les mains du Père se mettent à trembler.

— La Mère est morte et il faut la mettre en terre, c'est tout ce que je vois !

Avec la colère, sa cicatrice devient rouge et puis noire. Elle lui brûle le front mais il n'ose pas la toucher.

— Je m'en vais aller chercher le maire et on verra ce qui se passera.

— Tu ne trouveras personne pour te suivre, le maire encore moins que les autres.

Le Père devient pâle. L'eau lui sort de la peau à force d'énervement. Il recule devant le curé comme il a reculé devant le loup. D'un coup, c'est comme s'il n'avait plus de sang. Il avale sa salive et il menace.

— Je reviendrai, curé, avec la Mère dans son cercueil. Tu la béniras et nous l'enterrerons. Les choses seront comme ça.

Le Père tourne les talons et Simone le suit.

Dans la cour, ils trouvent le menuisier assis sur le devant de la porte.

C'est un homme vieux, aux cheveux blancs, au regard clair.

— J'ai fait ce que j'ai pu, il dit en montrant le cercueil. En sapin, c'est ce qu'il y a de meilleur dans le moins cher. Il faudrait une couverture pour mettre dedans, que ça fasse moins caisse.

Le Père écarte les bras. Il explique pour le curé mais le menuisier ne répond pas. Il a fait son travail. Il dit que pour l'argent ça peut attendre, mais le Père rentre dans la maison et, quand il ressort, il tient deux grands billets dans la main.

Avant de partir, le menuisier aide le Père à rentrer le cercueil. Simone donne une couverture pour mettre au fond et ils arrangent tout comme il faut.

Après, ils mettent la Mère dedans.

De tout le temps qu'ils font ça, Manue reste assise sur les marches. Silencieuse. Prise dans l'ombre de la grande armoire.

— On ferme ou on attend les visites ? qu'il demande le menuisier en montrant sa poignée de gros clous.

— On attend, qu'il répond le Père.

Le menuisier laisse les clous sur la table.

Quand il s'en va, Simone se met à ranger autour d'elle. Elle lave les verres, elle essuie la table, passe le balai entre les pieds des chaises et puis entre les pieds du Père. Pendant tout ce temps, elle pleure et ses larmes tombent sur le plancher.

D'un coup, elle prend les gestes de la Mère.

De la journée, personne ne vient, sauf le docteur pour signer les papiers.

Le soir, le Père trouve un crapaud écrasé entre deux pierres sur le devant de la porte.

Quand il voit ça, il devient fou, il part dans le village avec le crapaud à la main, il frappe à toutes les portes et il demande qui a fait ça.

Simone jette du sel sur les marches et puis dehors, tout autour. Après elle allume des bougies autour de la Mère et elle passe la nuit à pleurer.

Marc fait quelque chose de terrible. Il attend la nuit et il ouvre le ventre de la louve. Il enfonce ses mains dedans pour trouver les petits. Il en sort trois, tous morts. Il pleure de les voir pendre entre ses mains.

Après, il veut les remettre à leur place mais le ventre ne tient pas. Il enlève sa ceinture et il la noue autour du ventre de la louve. Comme ça ne suffit pas, il va chercher des ficelles au clou de l'écurie. De tout le temps qu'il fait ça, il n'arrête pas de prier.

Quand il a terminé, il sort de la grange avec la louve dans les bras. La louve dans les bras et dans le ventre de la louve, il y a les petits.

Il traverse la cour, prend le chemin de la montagne. Il prie, le visage dans le cou de la louve. Après, il s'enfonce dans le bois.

Dans la cuisine, Simone prépare le repas. Le Père et Manue ne touchent à rien de ce qu'elle met devant eux. Ils restent avec leurs bras sur les jambes et les fourchettes bien à plat.

L'après-midi, le Père sort la charrette et il met la Mère dessus.

Marc ne redescend pas pour enterrer la Mère. Personne ne sait où il est. Manue guette tant qu'elle peut du côté de la montagne, du sentier.

Avec la charrette, le Père passe par la Grande Rue pour que tout le monde voie bien et ait la honte dans le souvenir.

— La honte ! Tu parles, il leur en faudrait plus, qu'elle dit Simone, et pour une fois, elle n'a pas tort.

Le Fada du Moulin vient avec eux. C'est le seul. Il suit derrière en balançant ses bras.

Quand ils arrivent, les portes de l'église sont fermées. Le Père grimpe sur le mur et il regarde. Des cierges sont allumés près de l'autel. Il ne voit pas le curé mais il dit que la clé est à l'intérieur.

Le Père devient furieux. Il fait le tour, rejoint la porte de la sacristie. C'est en revenant qu'il voit le tas de terre et les deux pelles plantées dedans.

Les cordes.

Le trou, creusé, en attente, dans la fosse commune. Une place longue comme un cercueil.

La fosse.

La Mère.

Le lit de la Mère pour l'éternité.

D'un coup, de voir ça, le Père ça lui retire tout son sang. Il devient blanc. Il ouvre la bouche et il la referme, il fait ça un grand nombre de fois sans rien pouvoir dire. C'est trop noir au fond de la fosse, trop plein de glaise humide. Il revient vers la charrette et il reste un long moment à fumer contre la roue. Le Fada fume avec lui.

Quand ils ont fini, le Père fait un geste de la tête et il écrase sa cigarette sous sa chaussure. Le Fada hausse les épaules. Il ramasse le mégot et il le range avec les autres dans une boîte tout au fond de sa poche.

Après, ils font glisser le cercueil et ils l'emportent près de la fosse.

Dedans, il y a la Mère. La Mère dans sa robe à fleurs et le grand foulard pelucheux.

Le Père pose le cercueil sur la terre et il attend. Simone attend aussi et elle pleure. Elle pleure et elle renifle et tout ce qui sort d'elle coule sur son manteau.

Manue ne pleure pas.

Elle croit que Marc va venir mais il ne vient pas. Le chemin est vide.

Ils attachent le cercueil avec des cordes et ils descendent la Mère. Le bois racle la terre avec des bruits de ventre, de dedans de terre.

Autour du village, c'est tout en silence, et puis dessus, dedans, même dans la montagne il n'y a plus de bruissements.

Le vent s'est arrêté. On dirait que de tout ce poids, le village ne peut plus respirer.

— Sonnez ! Bon Dieu ! sonnez au moins l'office des morts !

Le Père hurle mais les cloches ne sonnent pas.

Le silence écrase le Père. Ça le fait tomber à genoux et il se met à pleurer, la tête dans la terre.

— Qu'elle ait au moins ça ! qu'il dit. Au moins ça…

Le Fada le laisse pleurer. Il prend la pelle et il rebouche le trou.

Le Père jette du bois dans la cheminée et il revient s'asseoir. Maintenant, quand il marche, il ne lève plus les pieds. Il laisse ses semelles glisser sur le plancher. Il dit qu'il n'a plus de forces, plus d'envies.

Quand il est assis, il fixe la table, ses mains.

Quand on lui parle, il ne répond pas.

— Si encore tu te couchais !

C'est ce qu'elle dit Simone, quand elle sent la colère monter.

Manue ne sait plus quoi penser.

L'heure suivante n'apporte rien de plus, simplement la nuit tombe et il fait froid.

Simone prépare le repas. Le Père mange un peu. Un fond de ragoût. Une pomme. Manger lui demande un temps infini.

Pendant qu'il mange, Simone s'approche du miroir au-dessus de l'évier. La peau des paupières tombe sur les côtés, ça lui fait les yeux tristes. Dans la famille, ils sont tous comme ça, ils ont beau tirer dessus il n'y a rien à faire.

Elle se retourne et elle dit :

— La Mère avait raison, tu vas finir seul comme un chien !

Et puis :

— Je vais partir, te laisser crever.

Le Père se met à rire.

Quand il a bien ri, il pleure.

Quand il a terminé, il sort, gueule du côté du chien.

Après, il revient. Il tourne autour de la table et il s'assoit. Il éteint la lumière. Il attend que ses yeux s'habituent.

Dehors, il fait froid, le gel bloque la vie au cœur même des pierres.

Depuis que la Mère est morte, le Père ne dort plus. Quelques heures à peine, la tête entre les mains sur la table de la cuisine. Parfois, Manue se lève et elle le regarde. Les flammes éclairent son visage, ses mains sur ses cuisses. Il est devenu vieux.

Sa vie n'a plus d'importance.

Manue dort dans l'estafette. Simone a la grande chambre pour elle toute seule mais ça ne la rend pas heureuse.

Le soir, ils vont se coucher sans se dire bonsoir.

Même se toucher, ils évitent.

Manue pense à Marc, elle veut qu'il revienne mais elle ne peut pas parler de lui. Le Père l'a interdit.

Au fond de sa poche, Marc trouve le pain, un reste d'oignon cru. Il mange en regardant le jour se lever.

Un moment, il se sent en paix comme quand le Père le giflait fort et qu'il restait sonné contre la porte.

A midi, un épais brouillard venu des Terres Froides tombe sur le plateau. Il s'accroche à la rivière, coule avec entre les rochers pour finir par s'étendre et gagner en remontant tout le flanc de la montagne.

Marc se lève, reprend la louve dans ses bras, la louve morte, et il s'enfonce dans la forêt. Il marche jusqu'à la grotte des Alyses, au plus épais du brouillard.

Il se passe un jour et puis un autre.

Marc ne rentre pas. Il dort au fond de la grotte, roulé en boule comme un chien.

Il pense à la Mère, à la louve, au sang mêlé à la terre.

Il garde la louve avec lui tant qu'il peut.

Un matin, il sort et il commence à creuser dans la neige, sous la neige, avec ses mains. Quand le trou est suffisamment profond, il revient chercher la louve. Il la soulève et il l'emporte au-dedans du trou.

Après, quand il sent ses mains, il a l'odeur.

Le froid ne le tue pas. La faim non plus. La nuit, les températures descendent bas. Il mange la terre, la neige, il se gratte au sang. Pour se chauffer, il brûle ce qu'il trouve, du bois, des feuilles, et puis il brûle ses bottes.

Quand il n'a plus rien à brûler, il sort.

La lumière lui fait mal aux yeux. Il s'abrite derrière ses mains et il retourne au plus sombre de la grotte. Il ne sait pas combien de temps il reste encore là, comme dans une tombe.

Une nuit, il entend hurler le vieux loup. Sa plainte le soulève de terre, le force à sortir. Le vieux loup n'est pas loin, juste au-dessus, sur les grands rochers. Marc se traîne dehors et il hurle avec lui, les genoux dans la terre.

Ils geignent ensemble, homme et bête, une partie de la nuit.

Avec le jour, le silence revient.

Et puis la faim. Elle est soudaine, blessante. Un moment, il pense déterrer la louve, se nourrir de sa viande. Il s'avance jusqu'aux pierres mais il est trop faible, les pierres lâchent entre ses mains.

Il finit par s'éloigner, hagard, ses pieds nus butant contre les racines. Il avance en se tenant aux arbres, rivé à eux pour pouvoir respirer.

C'est comme ça qu'il sort de la forêt.

Quand il arrive devant chez M'mé Coche, il fait nuit. L'air sent le sapin, la résine qui brûle dans la cheminée. Un peu de lumière filtre par le volet.

Marc pousse le portail, il traverse la cour, regarde la lumière. Un léger sourire éclaire son visage. Il continue jusqu'au poulailler, soulève le grillage et se glisse dessous. Avec ses mains, il cherche dans la paille, trouve les œufs. Des œufs par dizaines.

Il en gobe jusqu'à vomir.

M'mé Coche pense à une bête, quelque chose venue crever là, une fouine, un renard, ce ne serait pas la première fois. Elle pousse de la canne, donne des coups jusqu'à ce que la chose bouge.

— Marc, c'est toi ?

Les cafards lui courent dessus. Il en a partout, dans la chemise, dans les cheveux.

Les poules lui tournent autour, elles piquent et elles repartent avec dans le bec des bestioles grosses comme le doigt.

— Sors-toi de là ! Tu ne vois pas qu'elles te font saigner les garces !

Marc s'est couché dans le coin le plus sombre du poulailler, un endroit de poutres basses et d'araignées.

— Comment tu t'es poussé jusque-là ?

M'mé Coche fait partir les poules. Elle remue des bras, de la tête.

— Pschttt ! Allez, poussez-vous !

Du pied, elle écrase les cafards et elle les lance aux poules pour les faire courir plus loin. Plus elle en tue, plus il en sort. Ce sont des cafards de terre, ils vivent dans le sombre, l'humidité les rend gras et les poules en raffolent.

Quand le calme revient, M'mé Coche s'approche de Marc. Elle le regarde longuement.

— Eh ben mon gars, qu'elle dit simplement.

Elle se redresse en s'appuyant sur son bâton, secoue la tête.

— Tu ne vas quand même pas rester là !

Marc ne répond pas.

— Qu'est-ce que tu as encore bien pu inventer... ? Bouge pas, je reviens.

L'ancienne écurie sert de remise à grains. M'mé Coche tire une bâche du dessus d'un tonneau et elle retourne dans le poulailler.

Avec la fourche, elle étale de la paille sèche sur la paille mouillée et elle écarte le plastique.

— Mets-toi au moins là-dessus !

Elle voit ses pieds nus.

— Tu n'as plus tes chaussures ? qu'elle dit en écartant les bras.

Il ne répond pas. Il grogne, c'est tout.

— Je sais ce qu'il te faut !

M'mé Coche retourne dans sa cuisine. Une fumée noire s'échappe du poêle. Elle le relance avec deux bûches et puis elle coupe du pain, du fromage, un morceau de lard qu'elle met dans un torchon.

Sur la table, elle écrase trois gousses d'ail au fond d'un bol avec de l'eau-de-vie par-dessus. Elle laisse mariner un moment et elle filtre.

Quand elle revient, Marc s'est endormi. Elle le secoue et elle lui tient la tête en arrière pour le faire boire. Il crache. Elle lui fait boire encore, l'oblige à avaler.

Les lèvres de Marc sont sèches, collées.

Il n'avale pas. Il garde le liquide dans la bouche jusqu'à ce qu'il lui coule des lèvres.

Les jours suivants, il ne touche à rien de ce qu'elle lui apporte. Elle laisse tout dans une assiette, sur la bâche. Du haut des bidons, les chats guettent. Dès qu'elle a le dos tourné, ils descendent manger dans l'assiette.

Une nuit, les sangliers viennent gratter dans le jardin. Ils font des trous sous la clôture.

Marc les entend mais il ne bouge pas.

Maintenant, M'mé Coche vient manger avec lui. Elle apporte du fromage, du pain, des tranches de pâté épais qu'elle écrase avec des cornichons.

A force, il finit par manger aussi. Par dormir.

M'mé Coche veille sur lui. Sur la respiration de Marc endormi.

Elle n'a pas de mots pour dire ce qu'il est devenu.

Marc va devenir fou. Ou mourir. La terre sera trop gelée, il faudra le garder. Le veiller plus que nécessaire. Le descendre à la cave et attendre le dégel. Elle chasse cette idée mais l'idée revient, l'idée de Marc mort, couché entre les planches. Marc qu'il faut veiller.

Pendant ce temps, au village du Bas, le Père commence à voir des ombres. Il en voit partout. Il dit que les ombres le guettent, qu'elles veulent sa vie pour venger celle de la Mère.

Il dit que la nuit, elles viennent gratter à ses volets. Il entend leurs pas, les coups de griffe sur les planches. Au matin, il trouve leurs traces dans la terre du jardin.

Dans ses yeux, il y a toujours le loup, c'est pour ça qu'il dort avec une fourche à côté de son lit.

Depuis la mort de la Mère, il ne va plus au gouffre. Puig est venu mais le Père ne veut pas reprendre, même pour s'occuper de l'herbe et des poubelles.

Il vit avec l'argent de la Sociale et ce que Simone ramène en travaillant pour le voisin.

Le Père va au cimetière tous les jours. Il gratte avec ses mains dans la terre et il demande pardon. Il pleure, il prie. Parfois, il s'endort sur la terre.

Quand elle ne le voit pas revenir, Simone va le chercher. Elle le guette sur le chemin devant la maison. C'est un chemin de ronces et de terre, un chemin d'enfance.

Simone ressemble de plus en plus à la Mère, la même lourdeur du pas, le même affaissement des hanches et le même vide dans les yeux.

Elle a toujours peur pour le Père, elle dit qu'il peut glisser dans un fossé ou alors crever sur le chemin.

— Il devient fou ? elle demande un jour Manue.

— Je ne sais pas. Peut-être.

Elle met les robes de la Mère, ses blouses, ses tabliers. Le Père est méchant avec elle pourtant elle continue de l'aimer.

Un soir, le Père tombe de la table. Elle ne peut pas le relever, elle lui jette son manteau dessus et ça fait une drôle de forme sur le sol de la cuisine.

Quand il se réveille, il la regarde, il regarde Manue, ses yeux vont de l'une à l'autre, il ne sait plus qui elles sont. Il reste un long moment et puis ça lui revient.

Les jours suivants, il ne veut plus voir personne. Les voisins se plaignent, disent que la nuit ils l'entendent hurler.

Maintenant, Simone se débrouille pour manger chez le voisin. Elle se débrouille aussi pour rapporter des légumes, des fromages pliés dans du papier. Elle se met tout dans le corsage ou dans une ceinture qu'elle s'attache autour du ventre.

Un soir elle revient, elle dit que le voisin cherche quelqu'un pour aider aux travaux d'été. Elle regarde Manue en disant ça.

Manue regarde la montagne et elle se demande où est Marc.

A l'est, très haut sur les montagnes, le soleil continue de briller. On attend de la neige, de fortes chutes pour la nuit et toutes les nuits à venir.

Marc pense que la montagne lui appartient, la montagne entière avec les brumes et le silence de la rivière.

Les aigles aussi.

Il ne se souvient plus de la Mère vivante. Quelquefois, il sent l'air de la montagne glisser sur son cou, une caresse comme un souffle, c'est la Mère qui le regarde.

Une nuit, il descend rôder autour de la maison du Bas. Il attend au grand froid du chemin. Il attend contre l'arbre en serrant ses bras autour de lui et en tapant des pieds contre l'écorce pour faire tomber la neige.

Il veut voir Manue, la voir même de loin, son ombre. Ses yeux. Les reflets de la lune dans ses cheveux. Même la nuit, il sait toujours où sont ses yeux.

Il fait le tour de la maison, reste debout dans l'encoignure de la fenêtre. Il y a de la lumière.

Il ne rentre pas.

Il guette comme un voleur.

A l'intérieur, Simone prépare le repas. Sur sa blouse, elle porte le gilet de laine grise, celui que la Mère gardait pour ses dimanches.

— Il faut manger ! elle dit.

Elle pose le plat sur la table.

Pour le Père, elle lui mouille un peu les lèvres avec de l'eau sucrée et elle referme la porte.

La neige commence à tomber autour de la maison. Le froid traverse les carreaux. On l'entend qui pousse en rafales contre les murs, sous les tuiles du toit. C'est la tempête qui se lève.

Simone empile les assiettes les unes sur les autres, les pose dans l'évier. Elle reste un moment les mains sur le rebord, à fixer son œil dans le miroir. Sur l'étagère, le rasoir, la bombe de mousse. Il faudrait raser le Père. Des croûtes épaisses tachent le rebord du lavabo. Il faudrait laver aussi.

Manue pousse la porte, rentre s'asseoir à côté du Père.

Dans la chambre, la tête du Père repose sur l'oreiller. Le dentier est dans un verre, sur la table de nuit. Avec le temps, l'eau s'est évaporée, il reste un dépôt jaune sur le devant des dents.

Elle regarde le lit, la table de nuit, le verre avec les dents et la montre de la Mère.

La photo du mariage, les rouleaux de papier tue-mouche et puis le visage du Père, les mains étendues de chaque côté, l'alliance prise dans la chair, enfouie en tenailles.

Les tiroirs sont vides. Simone a tout jeté des jeux d'enfance. Un matin, ça lui a pris, elle a ouvert les tiroirs, les armoires, et elle a tout brûlé.

Du doigt, Manue dessine des papillons sur la buée de la vitre. Les papillons emportent le malheur en dehors des maisons. La poudre qu'ils ont sur les ailes, c'est tout le malheur amassé.

De l'autre côté de la vitre, Marc regarde son doigt légèrement écrasé, en pression sur la vitre, et les ailes du papillon. La buée recouvre la vitre, efface les ailes. Il approche son visage, il la voit tout près, l'intérieur de sa bouche, ses dents. Il s'approche encore et il l'entend hurler.

Avec le soir, la vallée se vide de lumière.

Marc n'a pas mangé de la journée mais peu importe la faim. Il se retourne, regarde la maison, la lueur jaune derrière la vitre, les petits rideaux.

La nuit est noire, sans lune. Sans traces d'étoiles. Une nuit seulement cassée par le hurlement du vent contre la montagne, les sommets et il prend le chemin du gouffre.

Son corps est trop grand pour marcher. Il est trop grand pour tout, même pour dormir avec Manue.

Manue ne veut plus dormir avec lui à cause du sang qui coule de son ventre.

C'est à ça qu'il pense en marchant vers le gouffre.

Dès l'entrée, l'odeur se fait plus forte. C'est une odeur de terre, de profondeur. Il s'est nourri d'elle les nuits où le manque de Manue l'empêchait de respirer.

— Ils me chercheront... Ils me chercheront tout en haut de la montagne et je serai là-dessous. Ils ne me trouveront jamais.

Il se laisse glisser tout au fond du trou. Ses mains tâtonnent, suivent le mouillé de la paroi. Les prises sont faciles. Il avance au plus profond, là où il n'y a plus de lune, simplement des creux de grotte.

Il est dans le ventre de la terre.

En confiance.

Il n'a plus besoin de courir. Il ralentit le pas et rejoint les bords du lac. Les eaux sont noires, silencieuses. Il s'approche d'une barque, détache l'amarre. Les rames s'enfoncent dans les eaux sombres. Il traverse. De l'autre côté, c'est l'endroit interdit, celui des vannes et des eaux qui filtrent.

Il tire la barque sur le sec, lâche la corde.

Le renfoncement est plongé dans l'obscurité. L'eau suinte le long de la roche, elle coule en gouttes épaisses de la voûte.

Marc avance, les yeux grands ouverts dans l'humidité de la nuit.

Bientôt, ses mains touchent la porte froide des vannes. Il s'accroche aux manettes. Derrière, il y a la poussée des eaux, les eaux noires qui attendent pour rejoindre celles du lac, se mêler à elles, s'y marier. Il y a les grottes.

D'un geste, il débloque les manettes. Il reste longtemps ainsi, immobile, semblable au tronc informe d'un arbre mort.

Il prend appui sur ses jambes et il commence à tourner. Très vite, l'eau filtre, passe par-dessus ses chaussures. Il ne sent rien du froid ni de la boue, ni de cette absurde menace qui gronde autour de lui. Le visage de Manue est tout entier dans le gouffre. Avec ses yeux. Son rire. Des nuits entières. A s'en bercer. A ne pas vouloir en guérir. Son visage, mêlé aux eaux qui ruissellent.

C'est pour Manue qu'il est là.

— Manue…

La grotte c'est pour elle, le dedans de la terre, les odeurs et puis cette force qu'il sent en lui, qui le grandit.

Il appuie sur les manettes. Cran après cran, la lourde vis se desserre.

La sueur qui coule de ses lèvres lui rappelle une autre sueur, celle des loups, de l'attente dans le creux de forêt.

D'un revers de manche, il essuie son visage.

Déjà, l'eau recouvre ses chevilles, tout le bas de ses pantalons. Elle forme une masse épaisse qui enserre ses jambes, force contre ses cuisses. Ses yeux fixent devant lui la masse glacée du métal. Peu importe le froid, l'affolement des battements de son cœur.

Il se remet à tourner.

Les eaux s'échappent, viennent cogner contre son corps dans un tournoiement brunâtre qui rejoint derrière les eaux plus sombres du lac.

Il reste peu. Quelques mouvements.

Marc sourit. Un instant, il croit voir une lumière mais il n'y a rien. Seulement la nuit. Il lève son visage vers les portes d'acier. D'un geste infiniment lent, il tire une dernière fois les manettes à lui et il se laisse emporter.

838. JAMES KNOWLSON
Beckett

839. ROBERT C. DAVIS
Esclaves chrétiens, maîtres musulmans

840. ANNE-MARIE GARAT
Dans la main du diable

841. NANCY HUSTON
Lignes de faille

842. LAURENT GAUDÉ
Eldorado

843. ALAA EL ASWANY
L'Immeuble Yacoubian

844. BAHIYYIH NAKHJAVANI
Les Cinq Rêves du scribe

845. FAROUK MARDAM-BEY
Etre arabe

846. NATHANIEL HAWTHORNE
Contes et récits

847. WILLIAM SHAKESPEARE
Sonnets

848. AKI SHIMAZAKI
Tsubame

849. SELMA LAGERLÖF
Le Livre de Noël

850. CHI LI
Pour qui te prends-tu ?

851. ANNA ENQUIST
La Blessure

852. AKIRA YOSHIMURA
La Guerre des jours lointains

853. GAMAL GHITANY
La Mystérieuse Affaire de l'impasse Zaafarâni

854. PAUL BELAICHE-DANINOS
Les Soixante-Seize Jours de Marie-Antoinette
à la Conciergerie, t. II

855. RÉGINE CRESPIN
A la scène, à la ville

856. PHILIPPE BEAUSSANT
Mangez baroque et restez mince

857. ALICE FERNEY
Les Autres

858. FRANÇOIS DUPEYRON
Le Grand Soir

859. JEAN-LUC OUTERS
Le Bureau de l'heure

860. YOKO OGAWA
La Formule préférée du professeur

861. IMRE KERTÉSZ
Un autre

862. OSCAR WILDE
Quatre comédies

863. HUBERT NYSSEN
Quand tu seras à Proust la guerre sera finie

864. NIMROD
Les Jambes d'Alice

865. JAVIER CERCAS
A la vitesse de la lumière

866. TIM PARKS
Double vie

867. FRANZ KAFKA
Récits posthumes et fragments

868. LEENA LANDER
La Maison des papillons noirs

869. CÉSAR AIRA
La Guerre des gymnases

870. PAUL AUSTER
Disparitions

871. RUSSELL BANKS
Hamilton Stark

872. BRIGITTE SMADJA
Le jaune est sa couleur

873. V. KHOURY-GHATA
La Maison aux orties

874. CLAUDIE GALLAY
Dans l'or du temps

875. FRÉDÉRIC MISTRAL
Mes origines

876. YAAKOV SHABTAÏ
Et en fin de compte

877. ORLY CASTEL-BLOOM
Dolly City

878. KLAUS MANN
Le Tournant

879. DON DELILLO
Les Noms

880. YU HUA
Vivre !

881. NAGUIB MAHFOUZ
Son Excellence

882. PAUL NIZON
La Fourrure de la Truite

883. JAMES LEO HERLIHY
Macadam Cowboy

884. SAMIR KASSIR
Considérations sur le malheur arabe

885. JÖRG BLECH
Les Inventeurs de maladies

886. OLIVIER PY
Théâtre complet I

887. ANNE-MARIE GARAT
Chambre noire

888. MINH TRAN HUY
Le Lac né en une nuit

889. ABDOURAHMAN A. WABERI
Aux Etats-Unis d'Afrique

890. VILMA FUENTES
L'Autobus de Mexico

891. LEENA LANDER
Vienne la tempête

892. THÉODORE MONOD
Le Fer de Dieu

893. MARC de GOUVENAIN
Un printemps en Sibérie

894. *
Le Chevalier paillard

895. VOLTAIRE
Ce qui plaît aux dames

896. DOMINIQUE PAGANELLI
Libre arbitre

897. FRÉDÉRIQUE DEGHELT
La Vie d'une autre

898. FRÉDÉRIC CHAUDIÈRE
Tribulations d'un stradivarius en Amérique

899. CHI LI
Soleil Levant

900. PAUL AUSTER
Dans le scriptorium

901. FRANS G. BENGTSSON
Orm le Rouge, t. I

902. LAURENT GAUDÉ
Dans la nuit Mozambique

903. MATHIAS ÉNARD
La Perfection du tir

904. ANTOINE PIAZZA
Les Ronces

905. ARNAUD RYKNER
Nur

906. ANNE BRAGANCE
Danseuse en rouge

907. RAYMOND JEAN
Un fantasme de Bella B.

908. ÉRIC NONN
Une question de jours

909. OMAR KHAYYÂM
Robâiyât

910. METIN ARDITI
L'Imprévisible

911. JOSÉ CARLOS SOMOZA
La Théorie des cordes

912. JULI ZEH
La Fille sans qualités

913. HELLA S. HAASSE
L'Anneau de la clé

914. TORGNY LINDGREN
Divorce

915. HODA BARAKAT
La Pierre du rire

916. FRANÇOISE DUNAND
Isis, mère des dieux

917. MARIE DE FRANCE
Lais

918. IMRE KERTÉSZ
Roman policier

919. YOKO OGAWA
Tristes revanches

920. NEIL BARTLETT
Ainsi soient-ils

921. EMILI ROSALES
La Ville invisible

922. ERWIN WAGENHOFER
Le Marché de la faim

923. ALEXIS DE TOCQUEVILLE
Sur l'esclavage

924. ALEXANDRE POUCHKINE
Eugène Onéguine

925. AKI SHIMAZAKI
Wasurenagusa

926. MURIEL CERF
L'Antivoyage

927. PERCIVAL EVERETT
Blessés

928. GÖRAN TUNSTRÖM
Le Livre d'or des gens de Sunne

929. ANNE-MARIE GARAT
Une faim de loup

930. INTERNATIONALE DE L'IMAGINAIRE N° 23
L'Internationale de l'imaginaire de Jean Duvignaud

931. FAIRFIELD OSBORN
La Planète au pillage

932. PHILIPPE DOUMENC
Contre-enquête sur la mort d'Emma Bovary

933. GUSTAVE FLAUBERT
Madame Bovary *(à paraître)*

934. DENIS LACHAUD
Le vrai est au coffre

935. PAUL AUSTER
La Vie intérieure de Martin Frost

936. KUNZANG CHODEN
Le Cercle du karma

937. ALBERTO MANGUEL
La Bibliothèque, la nuit

938. MICHEL VINAVER
L'Ordinaire

939. OLIVIER PY
Théâtre complet II

940. DANIEL KEHLMANN
Les Arpenteurs du monde

941. ALAA EL ASWANY
Chicago

942. NAGUIB MAHFOUZ
Miroirs

943. STEFANO BENNI
Achille au pied léger

COÉDITION ACTES SUD – LEMÉAC

Ouvrage réalisé
par l'Atelier graphique Actes Sud.
Achevé d'imprimer
en janvier 2010
par Normandie Roto Impression s.a.s.
61250 Lonrai
sur papier fabriqué à partir de bois provenant
de forêts gérées durablement (www.fsc.org)
pour le compte
des éditions Actes Sud
Le Méjan
Place Nina-Berberova
13200 Arles.

Dépôt légal
1re édition : mars 2009
N° impression : 100079
(Imprimé en France)